8° Y°
62520
(4)
75 cent
LE ROMAN
COMPLET

LOUISE ASSER

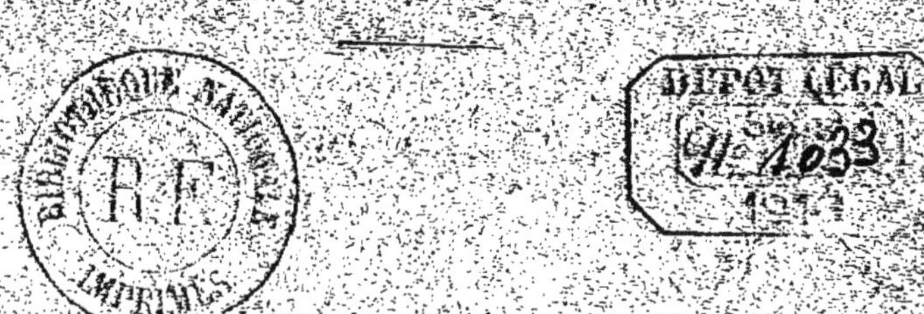

RIEN QU'AMIS...

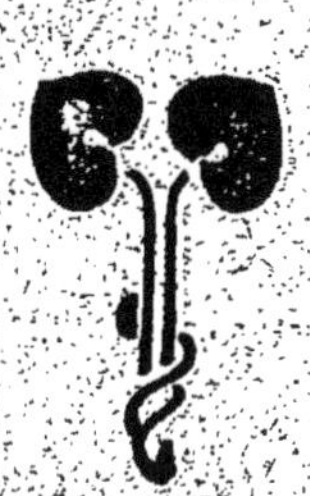

LIBRAIRIE DES ROMANS CHOISIS

94, Avenue de la République, 94

PARIS

LOUISE ASSER

RIEN QU'AMIS...

CHAPITRE PREMIER

L'infirmière entra, après avoir frappé, et tendit au Directeur du Sanatorium de Brévannes une mignonne carte de fin bristol, délicatement parfumée.

— Madame Reine Aubry, lut à haute voix le personnage. Qu'est-ce que c'est ?

— Une dame très bien, très distinguée, très jolie. Elle se dit dame visiteuse et apporte des petits cadeaux à nos malades, renseigna l'infirmière.

Le directeur hochait la tête répétant :

— Très bien... très jolie... J'aimerais mieux qu'elle fut laide et pas distinguée, grommelait-il. Les émotions, même chastes, sont préjudiciables à mes enfants, ça leur tape sur le système, ils font des rêves... ils s'agitent, ils ont la fièvre, et, en fin de compte, ils se remettent à tousser.

— Alors, il faut la reconduire ?

— Attendez ! Je ne dis pas ça ! Voyons, je suis un peu psychologue. Faites-là entrer, je l'examinerai cette dame.

— Bien monsieur.

Deux minutes après, l'infirmière r'ouvrait la porte et s'effaçait pour laisser passer la dame visiteuse.

Elle était très bien en effet, grande, svelte, vêtue avec une sobre élégance et coiffée délicieusement; on sentait en elle, non la mondaine, mais la femme de race.

Tout de suite, le directeur fut conquis, d'instinct et il se leva, s'inclina, avec un bon sourire et un regard affable:

— Soyez la bienvenue Madame, parmi mes enfants, les soldats blessés et tuberculeux. Rose, donnez une chaise ma fille et allez-vous-en.

L'infirmière, toute jeune, toute fraîche comme le nom qu'elle portait, s'empressa d'obéir et se retira ensuite, discrètement.

La visiteuse s'assit près du bureau directorial, face à la fenêtre de laquelle apparaissait la perspective radieuse du parc ensoleillé de printemps.

— Je suis, Monsieur le Directeur, renseigna-t-elle après le premier coup d'œil, femme d'un officier français blessé et fait prisonnier lors des combats de la Marne, il y a déjà deux ans, sans nouvelles de mon mari, malgré toutes mes recherches, je me suis réfugiée dans une œuvre de bonté et de charité pour atténuer mes angoisses. Je suis de la Société des Dames visiteuses dans les hôpitaux et sanatoriums. Etant venue passer les vacances de Pâques dans ma petite maison de Bonneuil mon premier désir a été de venir ici, pour apporter des œufs de Pâques et de bonnes paroles à vos pauvres blessés de la poitrine.

— Je vous en remercie infiniment Madame, s'inclina de nouveau le directeur. Je me ferai un plaisir de vous conduire moi-même.

Mais une arrière-pensée le troubla :

— Elle est trop gentille, songeait-il, il y a des femmes plus dangereuses par leur vertu que par leur vice.

Devina-t-elle ? Son regard s'était posé hardiment sur celui du vieil homme prudent et paternel. Il ne se baissa pas tandis qu'elle déclarait:

— Ce ne sont pas tous les malades que je veux gâter, mais un seul. Le plus malade, le plus malheureux, le plus digne de pitié, et mon d'amour.

Et comme le directeur souriait.

— Oui, je sais, depuis cette horrible guerre, les doux sentiments, en se raffinant par la souffrance, se sont développés dans l'héroïsme des sacrifices. Les blessés épousent leur infirmière, les combattants aiment leur marraine. Les convenances, la société, toutes nos vieilles institutions sont renversées par cet assaut irrésistible de l'instinct contre la civilisation. A l'encontre des Allemands, notre instinct nous porte vers le Beau et le Bien, quand la civilisation nous retenait captifs des préjugés et de la chose établie. Mais, ne craignez rien de moi, Monsieur le directeur, je ne cherche pas à me consoler d'avoir perdu mon mari, mais à consoler autrui, je serai une dame de charité, une sœur laïque si vous voulez, et, pour rassurer complètement vos inquiétudes, je vous demande de me confier moralement un vieux soldat, ou un pauvre être défiguré.

— Il sera fait selon votre désir Madame, acquiesça le Directeur. Pardonnez-moi mon arrière-pensée, dans un hôpital ordinaire, la jeunesse, la beauté et l'amour, accomplissent plus de miracles que la science, mais ici, nous sommes tenus à une extrême circonspection, car nos malades ne sont point des malades ordinaires. Ils ont besoin de calme, de repos, leur cœur doit sommeiller parce qu'il battrait trop fort dans leur poitrine oppressée. Nous nous défions donc de la grâce, nous ne laissons auprès d'eux que de la fraternité, nos infirmières sont de jolies filles, mais qui possèdent en ville, époux ou amant, et qui n'ignorent pas que l'amour est le poison des tuberculeux. Daignez me

CHAPITRE II

... pour chaque être atteint de ce mal, une médica...
... leurs bien différents. Essayez donc ... ordonné ...
XVI.

Monsieur le Sénateur Jean de Brévannes expliquait ... paternellement ...
... que Aubry, qui marchait, grave et pensive, à ses côtés ...
... ces deux, sans se connaître, se voyant pour la première fois,
... aient ne timoré ... il soulignait d'un regard, d'un geste, dans ...
... qu'il répétait certaines phrases, les rendant plus claire(voyantes) ...
... sives à mesure qu'elles tombaient et pénétraient en eux.

Ils arrivèrent ainsi tout les deux à quelques mètres du ...
... banc où s'y étaient les soldats tuberculeux.
Ici le bon docteur s'arrêta et dit : Voici ce que ...
— N'ayez plus tout de suite, si ne veut personne, c'est un ...
... ci d'un malheureux. Laissez-moi le préparer ...
Il montra ... au fond du jardin : quelques pas sous un chêne ...
Attendez-moi là, je vais vous annoncer ...
Elle acquiesça ... front de ...

... caresse ... des soldats ... étaient do ...
... ill ... de ... de ...
... ff ... rendit de ... de ...
... dirigea ... les soldats ... médec ...
... ils ... Brévannes ... avec ... regard ...

Il ... l'intérieur ... le ... de la ... de ...
... suivis ... d'une ... il avait ... pour ...
... d'un médecin ... ils répondaient ... ne ...
... à tout ... tour ... leur bonne ...
... aimaient ... le perchoir. Le Printemps ...

Les pas du docteur Mortier ne les retirèrent pas de leurs ... avaient ...
... ouvrirent, quand il vint se mettre auprès d'eux, disant d'une grosse voix ...
rude :
— Bonjour, mes gosses !
Le docteur avait seulement cinquante ... enfin ... tous ...
... commandes disaient des gosses ! ses ... gosses ...
... il les dirigea vers l'angle de l'avenue où était le ... il s'y ...
... ut.
— Plusieurs voulaient l'interroger. Il ne voulait rien entendre ...
... quelque ch ...
Il ... il avait un air de ... presque ... et une grosse voix ...

ténacité douloureuse, l'interpellé porta son mouchoir à son visage, le cachant du front au nez.

— Je vais mieux docteur, dit-il d'une voix un peu rauque, je n'ai besoin de rien, merci.

— Oui, mon garçon c'est entendu, vous n'avez jamais besoin de rien ! Mais moi, j'ai besoin de vous parler. Il y a, en bas, la femme d'un officier français qui veut vous dire bonjour.

— Non ! Non ! se dressa le soldat, pas de femmes, jamais de femmes devant moi !

— La femme d'un officier n'est pas une femme ordinaire voyons, plaida le Directeur avec bonhommie. Vous êtes trop fier mon garçon. Il n'y a pas que des Adonis sur cette terre.

— Il n'y a pas de monstre plus horrible que moi, murmura sourdement le blessé.

— Qu'en savez-vous ?

— Ne vous souvenez-vous donc plus de cette femme qui passa près de moi un jour, en allant voir un camarade ? Elle a crié avec une telle épouvante, qu'il me semble encore l'entendre s'enfuir.

— C'était une seringue ! se moqua le Docteur. Il y de la marge entre cette demoiselle et Mme Aubry.

— Mme Aubry ! sursauta Vannière. Mme Reine Aubry ?

— Oui, vous la connaissez ? C'est au mieux.

— La femme de mon capitaine, Docteur. Il me parlait d'Elle tous les jours. Nous étions amis, amis de collège, amis de régiment, il a disparu le jour même où j'ai été défiguré.

— Vous ne refuserez pas dans ce cas, de recevoir la femme de votre ami ?

Le blessé s'agita. Une grande pâleur avait envahi ses traits, qu'il laissait maintenant à découvert, la pensée si lointaine et si absorbée.

Il était épouvantable en effet, du front aux lèvres ; son visage n'avait plus rien d'humain. Cet homme n'avait pas été atteint comme tant d'autres par un liquide corrosif ou enflammé, mais, blessé à la poitrine lors d'un violent combat ; laissé pour mort sur le champ de bataille, des Boches qui passaient par là, n'ayant même pas l'excuse de l'ivresse s'étaient amusés à le mutiler. Ils étaient cinq contre un blessé sans défense, ils s'acharnèrent joyeusement, et firent d'un homme jeune et beau, une image de l'horreur absolue.

Le soldat Paul Vannière premier prix du Conservatoire dans le civil, héros quatre fois cité à l'ordre de l'armée, n'avait plus de regards, plus de nez, plus de lèvres, et son corps portait d'autres mutilations plus odieuses encore.

— Eh bien ? mon ami, demanda doucement le docteur Mortier en lui touchant le bras.

Le malheureux parut se réveiller, sa pâleur s'accrut, mais il dit fermement :

— Laissez-la venir.

Il ajouta avec une ironie amère :

— Elle ne restera pas longtemps !

Quelques minutes s'écoulèrent, le docteur rendait compte en ces termes de sa démarche :

— Ça a été dur, mais il accepte, parce que vous êtes la femme de son capitaine. Il y a de ces hasards heureux...

— Serait-ce Paul Vannière ? s'écria Mme Aubry devenue toute blanche.

— Lui-même, Madame.

— Oh ! le malheureux ! s'émut-elle, le pauvre malheureux. Il était si beau, si plein d'avenir et il n'a pas trente-cinq ans !

De nouveau, une arrière-pensée passa dans le regard que le Docteur Mortier laissa tomber sur Mme Aubry. Elle le devina encore, et avec beaucoup de dignité le soutint, en disant.

— Ne craignez rien, Monsieur. Rien !

Là-haut, à l'angle de la terrasse, Paul Vannière était retombé dans sa méditation, mais cela ne l'empêcha pas d'entendre les petits pas qui montaient vers lui.

Il eut un grand soupir, et, pitoyable, non pour lui-même mais pour celle qui venait, pleine de grâces vers sa déchéance, il remit avec soin son grand mouchoir sur son visage.

— Bonjour mon ami, dit doucement la jeune femme.

— Bonjour Ma... Madame balbutia d'une voix tremblante le mutilé.

— Je vous laisse une demi-heure avertit le médecin.

Ils ne répondirent pas...

— Ai-je bien fait ? Ai-je eu tort ? se demanda anxieusement le Docteur Mortier.

CHAPITRE III

— Mon capitaine ?... interrogea tout de suite le mutilé. Vous n'avez pas de nouvelles de lui ?

— Aucune, hélas ! Je me suis adressée partout où l'on eu put me fournir quelques indications j'ai toujours eu la même réponse « Espérez ».

— Il faut toujours espérer, approuva Vannière, c'est l'espoir qui donne le courage d'attendre et de vivre.

Elle s'était assise en face de lui, elle affectait de ne pas regarder le pauvre visage, afin qu'il n'éprouva pas de gêne, cependant elle jetait à la dérobée un rapide coup d'œil sur le haut du visage que ne masquait pas tout à fait le mouchoir. Elle se souvenait des beaux yeux noirs et du front vaste qui semblaient inspirés, lorsque, les soirées musicales qu'elle donnait chaque samedi chez elle avant la guerre, lui amenaient cet élu des Arts et de l'Harmonie.

— Je ne pourrai pas vivre si j'étais ainsi, songeait-elle douloureusement.

— Vous savez, annonça-t-elle, le voyant inquiet de son silence, je ne désespère jamais, je sens dans mon cœur que Louis est vivant, qu'il reviendra, et j'ai organisé ma vie

— Comment ? s'intéressa-t-il.

— Je ne sais pas, se mit-elle à rire, si je pourrai tout vous conter, le Docteur nous accorde une demi-heure, et j'ai tant de choses à dire.

Il eut envie de lui crier.

— Vous reviendrez?

Mais, dans une fierté ombrageuse, il étouffa sa plainte et attendit qu'elle continua.

— Bah ! reprit-elle, devinant instinctivement. Je vais vous raconter une partie aujourd'hui ; et je vous dirai au fur et à mesure les autres quand je reviendrai.

Il lui sembla alors que sa poitrine se dilatait, que l'air, — tout l'air du Printemps — descendait en lui, comme une transfusion régénératrice.

— Vous reviendrez......

— Vous voulez bien j'espère ?

— Oh ! certes !

Et tout d'un coup, pleurant comme un enfant, sans savoir si c'était de joie ou de peine, il bégaya :

— Je suis si malheureux !...

La femme s'émeut toujours au spectacle de la douleur humaine, les larmes des petits lui inspirent des paroles maternelles prometteuses de beaux joujoux et d'exquises friandises, les larmes des autres femmes l'apitoient, l'invitent à des initiatives généreuses, mais les larmes des hommes mettent en elle un sentiment plus puissant et plus doux où l'orgueil de se sentir momentanément la plus forte s'allie au besoin de répandre à profusion sur le malheureux tous les trésors de son âme.

Elle s'était levée. Elle vint à lui, appuya sa main blanche sur la tête inclinée, et, fraternelle invita :

— Soulagez votre cœur, mon ami.

— Oui, oui, hoqueta-t-il, oui, si malheureux. Ma carrière brisée, ma famille dispersée, ma mère morte, la fiancée que j'adorais perdue. C'est trop !

— Vous étiez fiancé ?

— Avant la guerre; nous devions nous marier en août 19.., elle n'a pas voulu, c'était son droit.

— Mais maintenant ?

Il ne venait pas à la pensée de Reine Aubry qu'une femme pût abandonner celui qu'elle aimait pour une question d'esthétique.

— Maintenant ?... quoi maintenant?

— Il me semble, émit gravement la jeune femme, que du moment où vous êtes malheureux vous avez droit doublement à son affection et à son dévouement. C'est sans doute vous qui l'aurez écartée par fierté, n'est-ce pas ?

— Oui, soupira-t-il.

— Et elle a accepté ?

Il courba la tête.

— C'était encore son droit, murmura-t-il faiblement.

— Ce n'était pas son devoir, jugea Mme Aubry. Une femme qui

me et qui l'aime ne doit se détourner de celui qui l'a choisie qu'au cas d'une indignité sans excuse.

— Il est d'autres cas où la femme peut reprendre sa liberté, sans avoir de comptes à rendre, ni de reproches à se faire. C'est quand elle n'aime plus.

— Il faut un motif pour tuer l'affection.

— Il n'en faut aucun pour tuer l'amour. Gilberte était une artiste comme moi, elle m'aimait pour mon beau physique, pour mon art, par affinité, du moment où je suis devenu affreux le charme s'est rompu.

— Ce n'est pas le bonheur alors que vous perdez.

— Le bonheur... se redressa-t-il, si Madame, c'était non le bonheur, mais mon bonheur, celui que j'avais créé, celui que je voulais pour moi et pour elle, chaque individu se crée une image personnelle du bonheur et cette image varie avec chaque être. Le mien était bien humble pourtant. Une petite femme aimante et jolie, une camarade et une amie. Un nid délicieux d'intimités élégantes et amoureuses. Mon Dieu !...

Il se remit à sangloter.

— Voulez-vous que je la voie ? offrit-elle.

— Non ! oh ! non ! Ne m'abaissez pas ! Il ne faut jamais chercher à rattraper l'amour qui s'en va. C'est une faiblesse inutile et humiliante. Laissez-la vivre.

— Mais vous ?

— Moi, gronda-t-il farouchement, laissez-moi mourir...

— J'étais venue comme une amie, reprocha Reine, doucement.

— C'est vrai, s'émut le pauvre homme, pardon Madame, pardon mille fois. Je suis injuste envers vous si généreuse, si fraternelle. Quand on souffre d'une déception d'amour, on est porté inconsciemment à juger tous les êtres indignes parce qu'un seul a failli.

— Vous voyez bien, vous la méprisez.

— Mais je l'aime toujours !

Reine Aubry aperçut le Docteur Mortier qui revenait vers le pavillon.

— Ecoutez, mon ami, se pencha-t-elle, vivement, laissez-moi mettre dans votre vie un peu de soleil, de beauté et de bonté. Laissez-moi vous aimer comme vous aimait votre mère, votre sœur, comme vous aime une amie, rien qu'amie. Cela vous fera tant de bien. Voulez-vous ?

— Vous êtes bonne acquiesça-t-il en cherchant sa main pour l'appuyer contre sa poitrine ne pouvant pas la porter à ses lèvres absentes.

Mais une amertume souilla sa joie.

— Je suis tellement affreux !...

CHAPITRE IV

De Brévannes à Bonneuil, après être sorti du minuscule pays, sorte de coin de province endormi sous le soleil, on voit la route, immense ruban blanc qui serpente à l'infini entre de vastes champs. La terre semble mordorée sous le ciel ardemment bleuté et ouaté de nuages aux teintes délicates comme de précieux émaux.

...air est vif, car nul obstacle ne l'arrête, c'est l'immensité de la terre sous l'immensité des cieux. L'être qui marche seul dans cette ambiance se sent tout petit, tout humble, et il contemple avec plus d'émotion sa vie intérieure qui palpite à la grande voix de la nature.

Reine Aubry marchait lentement, sur le petit sentier qui borde la route ; son ombrelle de soie blanche ouverte et penchée sur l'épaule gauche, elle balançait au rythme de sa démarche ondoyante, le petit sac de perles grises qu'elle tenait par une chaîne d'argent dans sa main gantée. Elle songeait, et nul ni rien ne troublait sa songerie. Les visiteurs de l'hospice et du Sanatorium l'avaient depuis longtemps devancée, l'air ronronnait à ses oreilles scandant les mots que murmurait la voix intérieure à la vision des images qui défilaient devant ses yeux.

C'était bien près encore, tant le souvenir en demeurait vivace, et c'était si loin pourtant, quand on compare le nombre des jours et les événements qui s'écoulent dans l'espace d'une année, Reine songeait à sa vie d'autrefois, d'avant la guerre, vie calme, monotone presque, train-train de petite bourgeoise sage et gracieuse. Elle s'était mariée à vingt-quatre ans, en 1909, à l'un de ses cousins, officier de carrière, homme au cœur simple et à l'intelligence éminemment développée. Ils se connaissaient depuis l'enfance, ils s'étaient battus et embrassés, ils avaient partagé les mûres des buissons et les gifles de la mère, seul être restant à tous deux, la famille s'étant dispersée aux colonies anglaises. Le collège et le pensionnat les avaient éloignés sans les désunir, car aux vacances, ils reprenaient d'instinct, leurs habitudes, lui, de tirer sur la longue natte châtaigne, elle, de lui pincer les bras.

A dix-sept ans, il avait regardé sa cousine avec un peu d'étonnement Elle, aussi, semblait un peu décontenancée, c'est que, le chignon avait remplacé la natte de la jeune fille, c'est qu'une petite moustache claire ombrait cavalièrement la lèvre supérieure du jeune homme. Tous deux avaient rougi, puis, étaient partis d'un grand éclat de rire.

De camarades, ils devinrent amis.

C'est à cette époque que Paul Vannière fit son apparition.

De trois ans plus jeune que Louis Aubry, délicat, souple et beau, autant que le cousin de Reine était robuste, puissant, et sans grâce, il avait été néanmoins son compagnon de tous les jours au collège Rubertin. Paul admirait Louis et Louis aimait Paul comme on aime un jeune frère, dont on s'est fait le protecteur.

Aux vacances de Pâques il avait amené le futur musicien chez sa tante, la mère de Reine. On vivait modestement dans la Villa des Glycines à Bonneuil, mais on était à l'aise, la maison était bien située au milieu d'un parc qui l'isolait des mortels. Une sorte de petite oasis, où le lierre, le chèvrefeuille et les glycines grimpaient le long des murs, encadraient les fenêtres. La chambre rouge qui n'avait encore donné asile à personne, s'ouvrit toute grande et ensoleillée pour l'ami de Louis.

Reine admira le jeune homme comme on admire une œuvre d'art, elle l'écouta chanter en s'accompagnant du violon, sans éprouver le moindre trouble. La beauté n'inspire pas forcément l'amour. Le cœur

— Voulez-vous être ma femme ?

Elle [se] prépara à cette question par la longue chaîne [...] ce fut avec calme et confiance qu'elle [répondit] :

— Oui, si maman veut bien.

— Je n'y vois aucun inconvénient, dit la mère.

Ils s'épousèrent. Ils s'aimèrent sans passion, mais si profondément [...]

Les premières maisons de Bonneuil pointèrent au bas de la route.
Elle conclut :

— En attendant qu'il revienne, n'importe dans quel état, pourvu
qu'il revienne. Je vais faire une bonne action, je vais me dévouer à
Paul, son unique ami.

Quel meilleur moyen pour une honnête femme que de passer tous
ses loisirs à semer le bien autour d'elle !

CHAPITRE V

— Madame Reine, il y a une dame au salon qui cause avec madame.

— Et cela fait trois madames, ma bonne Rose. Comment est celle
que je ne connais pas ?

— Laissez-moi d'abord retirer ma crème du four, il est le moment
ma fine. Là ! voyez donc comme elle fleure et comme elle brille ! J'ai
mis de la vanille et un petit-verre de cognac, c'est une idée qui m'est
venue pour voir n'est-ce pas, et je vois bien que cela vous plaît, vous
avez vos yeux brillants de chatte devant la crème fraîche. Allez-vous
assez vous régaler ce soir !

Et la loquace servante se mit à rire.

— N'aie pas peur ! Je t'en laisserai tout de même vas ! mais dis-
moi...

— Ah ! oui, la dame qui est avec madame ? Ben, comme c'est la
première fois qu'elle vient je ne la connais pas, c'est une dame très
comme il faut, entre deux âges, j'ai point regardé son nom sur la carte,
vu que j'avais oublié de mettre mes lunettes.

Tandis qu'elles causaient ainsi dans la cuisine, Reine s'était débar-
rassée de son cache-poussière, de ses gants et de son chapeau.

— Je vais bien voir, décida-t-elle en allant accrocher au porte-man-
teau du vestibule les vêtements qu'elle venait d'enlever.

— Allez toujours, acquiesça la vieille Rose toute préoccupée de sa
crème.

— Reine se repoudra légèrement devant une glace, tapota ses cheveux, son corsage et sa jupe. Elle n'était pas coquette, mais elle aimait
donner à autrui comme à elle-même, une impression agréable de sa
personne bien soignée.

Elle frappa discrètement ensuite à la porte du salon, afin de s'annoncer, puis, ayant entendu la voix lente de sa mère dire « Entrez »
elle tourna le bouton et souleva la tenture.

Tout de suite, elle fut renseignée sur la visiteuse.

— Madame Maurel ! s'exclama-t-elle en accélérant sa démarche. Oh!
Madame, comme c'est aimable à vous d'être venue !

Bonjour maman, ajouta-t-elle en embrassant la paralytique.

— Je vous avais dit que je viendrais vous surprendre sourit Mme
Maurel. Je suis venue un jour que vous étiez absente, mais cela m'a

permis de faire connaissance avec Mme votre mère, et nous avons parlé de vous.

— Nous avons dit beaucoup de mal de toi, taquina la mère.

— Tant mieux ! accepta Reine en riant.

Ces dames s'assirent près de l'infirme. Elles causèrent de ce qui les intéressait et les avait fait se lier fraternellement. Mme Maurel était vice-présidente de la Société des Dames Visiteuses. C'était une femme grande et forte, très active, très ingénieuse et très bonne. Veuve et riche, elle employait ses loisirs à soulager les misères, s'occupait et occupait ses collaboratrices au sauvetage des tuberculeux, au placement des réfugiés, à l'envoi dans de bonnes familles de la campagne des petits orphelins de la guerre.

— Nous allons en recevoir encore cinquante après-demain annonça-t-elle, des petits rapatriés du Nord, dont les parents sont déportés en Allemagne. Nous placerons les plus jeunes dans les pensionnats de la banlieue où nous pourrons les visiter, et les grands, nous en formerons une colonie agricole, il y a du travail pour tout le monde suivant les forces et les capacités. Mon domaine et mes terres de Villeneuve se prêteront merveilleusement à la transformation.

— Et ces pauvres enfants oublieront leurs peines en travaillant au grand air, c'est bien beau cela madame, approuva la mère de Reine, mais cela coûte énormément.

— Bast ! j'ai de la fortune pour faire des heureux, et puis, j'organise des fêtes de bienfaisance, et le plaisir des uns paie le bien-être des autres.

— Justement, j'étais venue dans l'intention de vous prier, Reine, d'accepter un comptoir de vente à une fête de charité que je donnerai la semaine prochaine à mon hôtel rue de Varenne. Vous acceptez n'est-ce pas ?

— Avec plaisir, certes !

— Ce sera sans tapage, ni toilettes, vu les circonstances. Inutile de faire des frais superflus, l'idée principale de la fête, c'est de gagner de l'argent, beaucoup d'argent, pour vêtir, nourrir, loger et rapatrier, sans oublier les douceurs pour nos tuberculeux.

La vision de Paul Vannière passa à ce moment devant les yeux de Reine, une pudeur la retint de raconter sa visite au Sanatorium de Brévannes.

— Mais, continuait Mme Maurel, nous nous amuserons convenablement. Nous aurons de charmantes artistes des théâtres, une danseuse de l'Opéra, Mlle X... Le célèbre violonniste Apert, et puis, et puis..., nous entendrons ma fille.

— J'ignorais que vous aviez une fille, chère madame, s'étonna Reine.

Mme Maurel sembla un peu gênée puis, prenant son parti, franchement :

— Nous étions un peu fâchées avoua-t-elle en souriant, Gilberte en sortant de couvent, a voulu absolument entrer au Conservatoire. Cela m'a déplu beaucoup, beaucoup, mais je ne sais pas résister à cette petite ; elle a une si jolie voix du reste ! Elle peut devenir une grand artiste, ce serait un tort de l'en empêcher ; l'art ne déshonore pas une femme.

— Certainement approuva Mme Aubry.

Reine avait tressailli au nom de Gilberte.

— Gilberte... Conservatoire... artiste... songeait-elle, serait-ce cette demoiselle, la fiancée de Paul Vannière ? Il y a de ces hasards si extraordinaires parfois...

— N'est-ce pas votre avis Reine ? demanda Mme Maurel étonnée du silence de la jeune femme.

— L'art est une religion, chère madame, ceux qui se consacrent à son culte sont toujours dignes d'estime et souvent, d'admiration.

La veuve poussa un soupir de soulagement.

— Vous me faites du bien, c'est gentil ; d'ailleurs vous verrez ma fille, je vous présenterai. Je suis certaine que vous deviendrez amies toutes deux.

— Je suis un peu vieille, plaisanta Reine.

— Vieille ! à trente et un an ! et fraîche et jolie comme vous êtes. Vous paraissez à peine plus âgée que Gilberte qui va sur ses vingt-sept ans.

Gilberte..., décidément ce nom ne plaisait pas à Reine, un agacement lui tiraillait les nerfs. Elle aurait voulu qu'on parlât d'autre chose, de n'importe quoi, mais pas de Gilberte.

Mme Maurel ayant ouvert la voie aux confidences, ne tarissait plus à présent. Elle parla de sa fille, depuis le jour de sa naissance, ses premières dents, ses premiers pas, ses petites maladies, c'était — au dire de sa mère — une jeune fille accomplie qui avait refusé les alliances les plus flatteuses, afin de se consacrer entièrement à son art.

Elle jouait les seconds rôles à l'Odéon, bientôt elle débutera à la Comédie-Française.

— Vous viendrez, n'est-ce pas ? conclut l'excellente dame, mercredi prochain, à 1 heure pour vous, toilette de ville, je vous confierai le comptoir des poupées, de poilus, vous aurez du succès et de l'argent.

Quand elle fut partie, Mme Aubry fit remarquer à sa fille:

— Elle ne paraît pas aussi distinguée qu'elle est bonne, ta vice-présidente. Tu ne trouves pas ?

— Dame ! accorda Reine, c'est une ancienne femme de chambre. Mais la bonté excuse tout à mes yeux. Elle avait bien mérité d'hériter de son maître puisqu'elle l'a soigné avec dévouement, et je l'admire de dépenser son argent dans les bonnes œuvres. Si sa fille lui ressemble ce sera une très noble femme à défaut d'une grande artiste. C'est toujours ça !

— Ces dames sont servies ! vint annoncer la vieille Rose. Il est sept heures ma fine, je me demandais si cette bonne dame n'allait pas rester à souper, vu qu'elle avait flairé ma crème en passant devant la cuisine.

— Et tu as craint qu'il n'en restât plus pour toi hein ? taquina Reine.

CHAPITRE VI

Toutes les matinées de bienfaisance se ressemblent, il y a les amis de la maison, les amis des amis, et les connaissances, les personnes que l'on rencontre à des thés, au cercle, au bois. Il y a les étrangers qui, moyennant un billet bleu, peuvent jouir d'un coup d'œil charmant, car, l'élégance ne fut jamais si bien portée que durant la guerre, nos grands couturiers, forcés à une certaine sobriété, à une retenue décente, quant à la forme, prenaient leur revanche quant à la richesse. Jamais on ne vit d'étoffes aussi somptueuses, de teintes aussi délicates, de parures de meilleur goût, que durant ces fêtes de charité, où la charité en robe très courte, pouvait aller et venir, se dépenser sans compter, pour elle-même et pour les autres.

Dans les vastes salons de Mme Maurel une cohue se pressait déjà ; où la note bleu horizon et kaki dominait, agréablement appariée aux costumes de teintes claires ou neutres. Les cachemires de soie, les mousselines vaporeuses, les satins parfumés, ondoyaient avec aisance, libérés des longues traînes. Les militaires, enchantés, admiraient sans lassitude, les petits pieds, les chevilles fines et les jambes délicieusement gainées de soie transparente. Derrière leur comptoir, les dames offraient avec le plus engageant sourire, de menues babioles, que l'on payait suivant ses moyens et la sympathie que la vendeuse inspirait.

Reine Aubry, dont le comptoir se trouvait face à la scène aménagée pour la circonstance, ne perdait rien du coup d'œil et, tout en offrant de minuscules poupées japonaises, elle regardait avec une curiosité amusée tout ce monde avec lequel elle prenait contact pour la première fois.

Elle était parée d'une robe très simple, si simple qu'on l'eût prise volontiers pour une jeune fille. Parmi toutes ces femmes plus ou moins fardées, elle apparaissait comme une belle fleur de la campagne, aussi, les regards des hommes convergeaient-ils volontiers de son côté ; ils admiraient les lourds cheveux ondés qui ressemblaient aux ors anciens, et qui auréolaient le visage délicat, où tranchaient des lèvres naturellement rouges, où brillaient d'un plaisir presque enfantin, des yeux gris foncés pailletés d'or, eut-on dit.

Et Reine vendait beaucoup, son stock allait bientôt être épuisé, quand un gros homme, chauve et congestionné, arriva d'autorité au premier rang d'un groupe qui s'était formé devant le comptoir.

— Mademoiselle ! proclama-t-il aussitôt, je vous achète tout ce qui vous reste.

— Mais Monsieur, s'étonna Reine, j'ai bien encore soixante poupées, c'est beaucoup pour une seule personne.

— Je paie, Mademoiselle, je paie dix mille.

On chuchota sur cette largesse et le nom du singulier acheteur circula :

— Le banquier Moreston, le juif, le détrousseur des petites bourses et des gros portefeuilles

— Mâtin ! fit un cercleux, pour une fois, savez-vous...

— Le coup de foudre mon cher.

— Ou le coup de fouet.

— La demoiselle vaut bien un sacrifice.

— Mais ce n'est pas une demoiselle, mon bon, c'est Madame Aubry.

— Veuve alors ?

— Nenni, pas même... Elle attend son mari prisonnier en Allemagne.

— Alors ?

— Alors, rien à faire ! le gros Moreston en sera pour ses frais.

— Tant pis pour lui !

Des « chut ! chut ! » répétés se firent entendre.

On allait commencer la partie de concert « avec les meilleurs artistes de Paris » suivant l'habituel cliché.

Le banquier, avec une importance de roi nègre, avait aligné sur le comptoir vingt billets de cinq cents francs ; il obligea Reine à compter, pour témoigner de sa richesse et de sa générosité.

— Etes-vous contente ? souffla-t-il avec un éclair de convoitise dans les yeux.

— Je suis heureuse pour les douceurs que cette somme nous permettra de procurer à nos tuberculeux. Merci monsieur,

— Me donnez-vous la main Mademoiselle ?

Reine, très simplement, tendit sa main gauche et le banquier, qui se penchait pour y déposer un baiser, se recula, gêné, mécontent. Il apercevait enfin, brillant à l'annulaire, l'alliance, cet anneau qui semble dire aux intrus : « Retire-toi, elle n'est pas libre ! » et qui rappelle à l'épousée celui qu'elle attend.

Le juif serra la main blanche puis tourna les talons. Il n'aimait pas les femmes mariées et s'il avait osé, il aurait reprit les dix mille francs qu'un moment de passion lui avait arraché.

Reine dissimula un sourire, dans la baptiste de son mouchoir, et murmura pour elle-même :

— Ça t'apprendra, vilain bonhomme !

Le silence s'était fait. Sur la scène, une divette de troisième fraîcheur récitait des vers dédiés aux poilus.

Ensuite, un comique vint dire les communiqués « d'entre Front-Arrière », avec une verve endiablée. Une pantomime lui succéda, et enfin, on annonça Mlle Gilberte Maurel, qui allait chanter un air de « Mignon ».

Reine Aubry sentit soudain une oppression dans sa poitrine, le sang lui monta à la tête. Elle regarda avec un peu d'angoisse la place où la fiancée de Paul Vannière allait apparaître.

Gilberte entra.

Petite, brune, étonnamment souple et fine, l'air délicat, le visage très jeune, vêtue de soie et de mousseline, elle donnait l'impression d'un joli oiseau des îles, qui charmerait les yeux et s'envolerait ensuite, n'écoutant que son bien-être ou sa fantaisie.

Elle était douée aussi d'une voix charmeuse, qui nuançait à ravir les phrases, et donnait l'essor aux rimes, ponctuait les notes, détaillait les effets, amplifiait le rêve ; son geste, gracieux ou menu, accentuait le jeu, avec une coquetterie précieuse qui la rendait irrésistible.

De sincères bravos la remercièrent et la retinrent.

Assise sur sa chaise, Reine réfléchissait sans quitter des yeux l'actrice. Les derniers mots de Paul Vannière lui revenant en mémoire :

« Laissez-la vivre ! »

Puis :

« Laissez-moi mourir ! »

Evidemment, Gilberte Maurel, telle qu'elle apparaissait en public, ne pouvait être la femme d'un défiguré, d'un tuberculeux, d'un condamné à mort. Que serait sa vie d'oiselle auprès de ce moribond ? Ne risquerait-elle pas d'aliéner son talent, de perdre aussi sa santé, de gâcher sa jeunesse, sans aucun profit, au contraire.

Mais une autre voix, celle du cœur de Reine disait ensuite.

« Et lui ? Lui qui a donné sa jeunesse, sa force, sa santé pour moins qu'un être, pour plus qu'un talent, pour sa Patrie, lui, qui aime et qui sait qu'il va mourir, n'a-t-il pas le droit d'être récompensé ? L'unique récompense pour cet homme, c'est un peu d'amour, ou beaucoup de tendresse. Que coûterait à cette femme d'ensoleiller de sa présence la demeure où il agonise, de créer autour de lui, une ambiance qui fleurirait ses derniers instants ? Que lui coûterait de donner sa beauté, sa grâce, sa gaieté ? En serait-elle moins belle ensuite, quand il ne sera plus et qu'elle redeviendra libre ? »

Gilberte avait disparu, Reine n'entendit pas les applaudissements, tellement elle était absorbée par ses réflexions si contradictoires.

Une voix l'éveilla brusquement.

— Eh bien, ma chère ? et nos affaires, vont-elles bien, demandait Mme Maurel qui passait.

— Admirablement, Madame, il ne me reste plus une poupée.

— Parfait ! Maintenant, dites-moi comment vous trouvez ma fille ?

— Elle est charmante et possède du talent, complimenta sincèrement Reine.

Mme Maurel soupira d'aise, l'avis de Reine Aubry lui sembla pour sa fille le précurseur d'une consécration future, au ciel de nos meilleures scènes. Sans entendre les flatteries qui s'élevaient autour d'elle, sur sa charité, son ingéniosité et les charmes de sa Gilberte, elle accourut vers cette dernière qui, commodément assise devant une coiffeuse, dans son cabinet de toilette, se démaquillait avec un soin minutieux.

— Que je suis contente ! s'écria-t-elle dès le seuil.

— Ah ! tant mieux approuva la jeune fille sans se déranger.

— Tu ne me demande pas pourquoi ?

— Mais, apparemment, parce que la fête a réussi, que tu as gagné beaucoup d'argent, et que tes pauvres vont en profiter.

— Et surtout parce que tu as eu du succès ma chérie, s'enthousiasma Mme Maurel, en venant embrasser sa fille.

Celle-ci poussa un cri :

— Tu m'as décoiffée !... Du succès moi, je ne trouve pas. On applaudit toujours quand on vient manger et boire chez quelqu'un, ce n'est pas là le vrai public, ce sont des courtisans de la fortune. Ça ne compte pas pour moi.

— Il y a pourtant quelqu'un dont l'avis m'a été précieux et très doux je t'assure, Gilberte.

— Un fils à papa ? Un coureur de dot ?

— Non, une femme.

— Ah bah ! une femme qui te dis du bien de moi ! Voilà qui me change. Comment s'appelle ce phénomène ?

— Reine Aubry.

— Connais pas !

— C'est l'une de mes « visiteuses », la plus active et la plus dévouée. Veux-tu que je vous présente ?

— Si tu veux, accorda Gilberte du bout des lèvres. Ça doit être une pauvresse ou une raseuse.

— Tu verras bien, sourit mystérieusement Mme Maurel.

L'actrice, aidée de sa femme de chambre, avait revêtu une robe de soie gris perle, elle passa à son cou un collier d'ambre de grande valeur, et à ses doigts rosés et polis, des bagues dignes d'être baisées aux mains d'une impératrice.

— Voilà, fit-elle, je suis prête.

Les deux femmes sortirent, elles revinrent au salon, où la foule des militaires flirtait avec des « marraines » d'intermèdes.

Assise à son comptoir, Reine Aubry établissait déjà ses comptes, tout à fait étrangère maintenant à ce qui se passait autour d'elle.

— Eh bien, mon enfant ? s'enquit Mme Maurel.

— Eh bien, Madame, répondit la jeune femme sans lever la tête, ayant reconnu la vice-présidente à sa voix, nous avons gagné plus que je n'osais espérer ; j'ai déjà près de douze mille francs.

— Pas possible ! s'émerveilla la bonne dame.

— Un gros monsieur a payé dix mille, soixante poupées.

— Je gagerai que ce gros monsieur est le banquier juif Moreston, émit Gilberte.

Reine releva brusquement la tête et les regards des deux femmes se croisèrent sans apprêt, jaillissant du fond de leur instinct.

— Ma fille, présenta Mme Maurel.

Les deux jeunes femmes n'entendirent pas ; Reine s'était levée, Gilberte tendait la main. Elles tressaillirent toutes deux au contact de leurs doigts, et leurs regards continuaient de plonger au fond de leur âme, avidement.

— Madame Reine Aubry, achevait la mère de Gilberte, inconsciente du drame qui se préparait.

CHAPITRE VII

Étendu sur la chaise longue, le visage caché dans le grand mouchoir, Paul Vannière songeait.

— Viendra-t-elle ?

Cette question, il se la posait tous les jours, depuis six jours que Mme Aubry était venue pour la première fois. Il savait qu'elle ne reviendrait pas avant le jeudi, néanmoins, il l'attendait tous les jours, sa pensée s'évadait de lui, se transportait par de-là des routes inconnues vers la demeure qu'il connaissait bien, la jolie maisonnette, fleurie de glycines, habillée de chèvrefeuille où si souvent, jadis, il était venu, chercher le calme, le repos, le bon air, dont — déjà ! — sa poitrine avait grand besoin. Il revoyait la chambre rouge, il revoyait la paralytique, Louis, Reine, pour laquelle il avait toujours témoigné une affection déférente de grand frère pour une petite sœur sage et belle. Il revoyait de menus détails qui lui avaient échappé autrefois, lorsqu'il vivait une vie fiévreuse, d'art et d'amour.

— Est-ce que tout cela est demeuré pareil ? à la même place ?

Il avait hâte qu'elle revint, afin de l'interroger de l'obliger même à raconter des choses puériles. Les aveugles voient par la parole, par le son et par le toucher, et ils en jouissent intensément, de tous leurs sens affinés.

Le jeudi, dès le matin, il voulut qu'on l'installa sur la terrasse, un peu de fièvre le faisait haleter. Le Docteur prévenu, vint le gronder.

— Si c'est à cause de la visiteuse, grommela-t-il, je lui interdirai de passer.

— Docteur ! supplia le mutilé n'en faites rien. C'est la seule joie que j'aurai désormais.

— Une joie qui vous donne la fièvre, parlons-en !

— Cela tombera, Docteur, je... m'habituerai.

— Je l'espère, grogna le brave homme... mais je n'en suis pas plus fier que ça, acheva-t-il en s'en allant.

Quand la cloche sonna pour les visiteurs, Paul Vannière crut que c'était dans sa poitrine que frappait le carillon. Il écouta, toutes ses facultés tendues pour entendre et... reconnaître les pas qui gravitaient dans l'escalier.

Elle était venue.

L'air rentra dans les poumons du malade, il aspira avec délice en disant :

— vous voilà.

— Quoi ! s'étonna-t-elle, vous m'avez devinée.

— Oui, à votre pas ; il trottine, mais posément comme celui d'une petite fille qui vient faire ses devoirs...

Elle se mit à rire.

— ... Avec grand plaisir, assura-t-elle. Comment allez-vous ?

— Beaucoup mieux, ne vous mettez pas devant moi, voulez-vous ?

Mettez votre chaise à côté, à ma droite. Je suis moins horrible à voir de ce côté.

— Voyons, mon ami, gronda-t-elle doucement, pourquoi ces mystères, ces coquetteries, nous sommes amis, de bons vieux amis. Est-ce que vous cachez votre visage à vos camarades et aux infirmières ?

— Non, mais ce n'est pas la même chose, je serais tellement humilié

Gilberte, assise commodément devant une coiffeuse, se démaquillait..... (page 18.)

si je vous inspirais du dégoût. Je vous en prie, faites comme je vous demande.

— Soit, accorda-t-elle, aujourd'hui encore je ferai ce que vous voulez ; seulement, quand nous serons habitués l'un à l'autre, je ne veux plus de cachotteries.

— Vous reviendrez encore ? remarqua-t-il avec ravissement.

— Je reviendrai tous les jeudis, promit-elle.

— Comme vous êtes bonne !

« Maintenant parlez-moi de la Villa des Glycines. Madame votre mère ?

— Toujours dans le même état.

— La chambre rouge ?

— Elle aussi. Vous en fûtes le seul habitant.

— Alors, il y a toujours mon violon, accroché dans l'alcôve ?

— Oui toujours.

— Voudriez-vous me l'apporter, demanda-t-il timidement.

— Certainement, Jeudi prochain, cependant.

— Si, affirma-t-il, devinant sa pensée. Je m'y referai, avec de la patience et de la ténacité. Je ne serai pas le seul aveugle musicien. Il y en a ici, de vrais artistes même.

— Dans ce cas, vous l'aurez la semaine prochaine.

— Merci, à présent, racontez-moi votre vie, vous me l'aviez promis jeudi dernier, et nous avons oublié tous les deux.

— C'est vrai, je n'avais du reste qu'une demi-heure ; aujourd'hui, je suis venue à une heure et je partirai à trois heures, nous avons le temps.

D'abord, j'ai une vie très agitée, commença-t-elle, je me lève à sept heures, je fais le ménage...

— Avec Rose ?

— Avec Rose, oui, puis, je vais aux commissions, je promène maman dans le parc jusqu'au déjeuner, après quoi, je me rends chez ma vice-présidente — elle ne dit pas le nom — qui m'envoie en visite dans les hôpitaux.

— Ah ! fit-il jaloux, vous visitez d'autres malades ?

— Pas comme vous, rassura-t-elle rieuse, je donne de bonnes paroles, du tabac et des friandises à ceux-là, tandis qu'à vous...

— Tandis qu'à moi ?...

— Je donne beaucoup de mon cœur..., parce que vous êtes l'ami de mon mari s'empressa-t-elle d'ajouter un peu confuse.

— Oui, remercia-t-il, absorbé soudain.

Elle crut qu'il évoquait encore l'image de Gilberte, la fiancée toujours aimée et qui refusait de donner du bonheur, de faire une charité d'amour.

Elle le laissa à ses pensées, et, pour échapper aux siennes autant que pour se donner une contenance, elle se mit à défaire les ficelles de deux petits paquets.

Il entendit le froufroutement des doigts sur le papier et demanda :

— Que faites-vous ?

— Je vous ai apporté quelques friandises répondit-elle. Le Docteur vous interdisant de fumer, je me suis souvenue que vous aimez beaucoup les petits fours et le chocolat.

— Vous avez bonne mémoire, remarqua le blessé, je me souviens aussi que vous étiez gourmande.

— Je le suis toujours, avoua-t-elle, mais en temps de guerre, je me contente de la pâtisserie de Rose.

— Voulez-vous lui demander de me confectionner un gâteau de Savoie ? Elle excellait dans ce régal.

Reine fut interdite, comme une enfant qui s'aperçoit soudain qu'elle a commis une faute. C'est vrai pourtant qu'elle avait gardé le secret de ses visites au Sanatorium de Brévannes, ni Rose, ni même sa mère, ne savaient qu'elle avait retrouvé mutilé et tuberculeux le brillant ami du capitaine Aubry. Pourquoi ? Elle n'eût su le dire, elle ayant songé constamment à Paul Vannière mais elle avait oublié d'en parler, non par scrupule ou défiance, mais sans doute parce que l'occasion chez elle ne s'était pas présentée.

— Eh bien ? interrogea-t-il.

— C'est que, confessa Reine, je vais vous dire, mon ami. Je n'ai pas songé à parler de vous, ni à maman, ni à Rose... Mais je parlerai ce soir même, et j'apporterai jeudi prochain le gâteau et le violon.

— Vous avez si peu que cela pensé à moi ? reprocha Paul.

— Oh ! si, j'ai pensé au contraire beaucoup, beaucoup à vous, seulement j'avais tant d'occupations.

— Lesquelles ?

— Je visite toutes les après-midi, je rentre juste pour le dîner, après dîner, je lis à maman les journaux et revues, je fais un peu de musique, ensuite je couche maman, et enfin, jusqu'à dix et même onze heures, je fais des calculs, j'écris mon journal...

— Et très grave...

— ... Afin de rendre compte à mon mari de tout ce que je fais pendant qu'il n'est pas là.

— Et vous ne parlez pas encore de moi dans votre journal ? questionna-t-il.

— Si ; j'ai écris ma première visite, je n'ai pas de raison pour la cacher ; je dis dans mon journal tout ce que je fais et tout ce que je pense.

— Comme au confessional, plaisanta Paul.

— Mieux encore, sourit Reine, car au confessional, on ne dit pas tout, il y a des petits péchés qui gênent tellement l'amour-propre des femmes, qu'elles préfèrent bien souvent en avouer de plus gros qu'elles n'ont pas commis, pour ne pas avoir à rougir devant le prêtre qui n'est du reste, qu'un étranger, un homme.

— Tandis que dans un journal...

— On avoue tout, on sait que cela restera secret tant qu'on le désirera, on sait à qui l'on parle ; généralement, c'est à celui qu'on aime. A celui-là on peut tout dire, on est sûre d'être absoute.

— Quand on a un cœur et une conscience comme les vôtres, oui.

— Je suis pareille à toutes.

— Oh non ! fit-il vivement.

— Pourquoi serai-je différente ? meilleure ou pire ; mon ami, vous jugez les femmes avec votre manière à vous. Parce qu'une femme vous semble méchante, vous les jugez toutes indignes ; parce qu'une vous paraît bonne, vous la mettez au-dessus des autres. Il n'y a pas d'exceptions pourtant, toutes les femmes possèdent en elles le don de bonté et de dévouement, seulement, la vie développe chez les unes ce qu'elle atrophie chez les autres. Les souffrances matérielles, les injustices morales, les luttes trop longues dessèchent peu à peu la fleur de sensibilité qui naît en nous, avec nous, mais il suffit d'un peu de joie, d'un rayon de tendresse pour faire refleurir le meilleur de nous-même. Croyez-moi, mon ami, il ne faut ni juger ni condamner une femme selon les apparences, il faut l'étudier et tâcher non seulement de la comprendre, mais de la faire se comprendre elle-même.

Elle plaidait pour Gilberte en disant ces choses, elle eût voulu qu'il l'absolva autrement qu'il l'avait fait — en désespéré qui se résigne amèrement, qui s'écarte et qui écarte de soi. Elle eût souhaité qu'il condescendit à tenter une épreuve, une démarche dont elle se serait chargée, certaine, en son cœur délicat et tendre, qu'avec du doigté, la fiancée oublieuse reviendrait, non éprise, mais, sensible, prête à toutes les charités de l'âme.

Et dans un élan, elle l'offrit.

— Je la verrai... je lui parlerai... elle reviendra.

— Non ! non, rejeta-t-il, non ! ne faites pas cela, n'insistez pas. Je ne suis pas de ceux qui demandent un bonheur qu'ils ne peuvent donner. La pitié en amour est une injure de tous les instants, une contrainte intolérable ; il faut aimer librement quand on aime, mais quand l'un des deux n'aime plus; que l'autre ait le courage de s'écarter, c'est la seule solution logique qui ne laisse pas de rancune.

— Etes-vous donc tellement certain que cette jeune fille ne vous aime plus ?

— Si elle m'aimait, prononça-t-il avec effort, ce ne serait pas vous qui seriez là, ce serait elle.

— Au premier moment, objecta Reine, il se peut qu'on ait éprouvé une émotion que, dans votre fierté ombrageuse, vous avez prise pour de l'horreur. Il eut suffi peut-être que vous lui ouvriez les bras, que vous lui parliez comme vous lui parliez jadis.

Il eut un geste de désespoir fou.

— Avec un visage comme cela ! gémit-il en retirant violemment le grand mouchoir qui lui couvrait la face.

Devant la vision brutale, Reine ferma un moment ses beaux yeux. Elle les rouvrit pour se forcer à regarder le monstre, la face sans lèvres, sans nez, le visage marbré de cicatrices encore sanguinolentes, elle eut un haut le cœur, malgré elle, et serra les mâchoires pour ne point même soupirer.

— Vous voyez, râla-t-il, vous voyez ! et vous ne dites rien, vous qui ne m'aimez pas. Comprenez donc enfin ce que doit éprouver une femme qui aimait devant le cauchemar de son amour. Comprenez !...

— Je comprends, dit doucement Reine qu'on éprouve un réel chagrin, un moment de défaillance, mais vous n'êtes pas si laid qu'on ne puisse opposer à votre déchéance physique, votre beauté morale qui est très noble, je le sais.

Et plus persuasive :

« Avec un masque, peut-être même la greffe, votre voix est la même

Une voix baignée avec tant de chaleur... elle pressait la main de Paul avec le désir de lui communiquer sa foi, et il se sentit remué, bouleversé. Il lui semblait que la transfusion s'opérait de nouveau, plus chaude, plus profonde. Une grande aspiration de la jeunesse qui ne voulait pas mourir, de l'âme qui se réveillait.

Il fut debout, cherchant le visage qui lui parlait avec tant de bonté.

— Laissez-moi mettre une caresse dans vos cheveux, comme on touche une sainte, implora-t-il.

D'une main tremblante, il frôla le menton, la joue, la tempe chaude de la jeune femme, et ses doigts s'arrêtèrent au contact des cheveux fins.

— Faites de moi ce que vous voudrez, murmura-t-il.

CHAPITRE VIII

Il se laissa soigner docilement, le traitement : des piqûres d'un sérum nouvellement découvert lui furent faites et donnèrent de bons résultats, il n'eut plus de sueurs la nuit, de faiblesses au réveil, il mangea avec appétit, il accepta de petites promenades au bras d'une infirmière.

L'été ramenait en lui les sèves généreuses qui suggèrent des désirs de vie, de jouissances animales, mais saines, comme l'arbre rongé d'abord, débarrassé peu à peu, reprend vigueur, redresse ses branches, monte vers le ciel ses feuilles reverdies, frémissantes de la joie d'être encore et de le sentir.

Sur le banc, il rêvait un instant, son visage était couvert d'un masque de caoutchouc couleur chair, on lui avait fait la greffe dont... Il n'était pas beau certes, mais il n'avait plus rien de répugnant, des lunettes à verres fumés cachaient le vide de ses regards. Il n'était plus un moribond qui refusait farouchement l'idée de la résurrection ; c'était un homme dont l'intelligence essayait de pourvoir au défaut des organes infirmes.

Pour faire plaisir à Reine d'abord, ensuite par goût, puis par volonté, il s'était remis à ses études avec son violon. Que de..., il ne voyait plus, mais les aveugles sont doués d'une telle... du toucher, d'une telle affinité de l'ouïe ! Au bout de deux mois de travail patient, il s'était tellement bien habitué à jouer sans voir, qu'il était devenu un véritable virtuose, jouant et improvisant de toute son âme comme un artiste de génie.

Ce jour-là le 14 août 1916, Reine Aubry devait venir le chercher pour l'amener à un concert dans lequel il devait figurer.

La cure était terminée, le poumon droit perdu mais le gauche avait été préservé à temps ; Paul Vannière, de l'avis des médecins, pourrait se marier, avoir des enfants, être heureux moyennant quelques précautions pour lui et les siens.

Reine Aubry triomphait.

— Votre chambre est prête, s'écria-t-elle joyeusement, quand elle l'aperçut. Dès que le concert sera terminé, je vous ramènerai chez vous.

— Ma bonne et bien chère amie, fit-il avec une reconnaissance attendrie.

— Je vais faire porter vos effets dans la voiture qui attend à la grille annonça-t-elle ; ensuite, je reviens vous prendre et nous irons dire adieu au Docteur Mortier, après quoi, je vous enlève, et voilà !

Elle riait comme une petite fille, toute heureuse d'avoir fait une bonne action.

Le directeur du Sanatorium était assis à son bureau devant la fenêtre grande ouverte, il les vit venir, se donnant le bras, causant avec animation. Cette vision amena un sourire de détente aux lèvres du bon médecin, il répondit à la question qu'il s'était posée le jour de la première visite de Reine, « Ai-je bien fait ? Ai-je eu tort ? » « J'ai bien fait ! » se félicita-t-il.

— Eh bien mes enfants, nous nous quittons ?

— Non sans regrets Docteur, et en vous remerciant infiniment de vos soins si dévoués, dit Paul.

— Il est toujours utile de sauver une vie, affirma le Docteur Mortier, plus il restera d'hommes en France et plus la France sera belle. Soignez votre santé néanmoins comme si vous n'étiez pas guéri, évitez les refroidissements, ne sortez pas le soir surtout !

— Je veillerai, Docteur, promit Reine ; il sera sage comme une image.

— J'en accepte l'augure ; au moindre bobo, venez me voir mon garçon.

— Merci Docteur.

— Au revoir mon gosse !

... ...

— Avez-vous déjeuné ? demanda Réine, quand ils furent en voiture.

— J'ai pris mon repas habituel à onze heures. Il doit être midi passé, si j'en juge par la chaleur du soleil.

— Midi trente-cinq, nous prenons le train à Boissy à une heure moins le quart. J'ai apporté un en-cas que nous grignoterons en route. Il ne faut pas abuser de vos forces voyez-vous. Le concert est pour deux heures et demie. Nous avons tout le temps.

— Vous ne m'avez pas encore dit où vous me conduisez ?

— C'est vrai ! chez Mme de Brimes, la présidente de notre Comité, ce concert est une matinée de bienfaisance. On ne donne plus maintenant que des matinées de bienfaisance. C'est le seul moyen, pour les riches de tuer le temps sans inconvenance, et pour les pauvres, de gagner leur pain quotidien.

— Du moment que c'est au profit d'une bonne œuvre, je vais jouer avec tout mon cœur assura Paul. Et vous ? où serez-vous ? Vous ne me quitterez pas, dites ?

— Non, je veillerai sur vous, ne craignez rien, je vous guiderai, j'attendrai dans la coulisse, et je vous ramènerai chez nous.

[...] que le monde ?.. dit »

Il serait simple d'affirmer :

— Nous sommes frère et sœur »

Un tel mensonge, il savait bien qu'ils ne le diraient pas. Personne ne les croirait d'ailleurs, leur attitude et leurs paroles manquaient de cette familiarité rude et franche qui veut dire parents.

Moi ?...

Ils diraient : — nous sommes amis »

Amis ? — Le monde peut-il concevoir l'amitié entre un homme [...] Une arrière-pensée flotte dans les sourires, dans l'illusion [...] chaste et serein [...] le monde [...]

[...] il eut envie de dire à Reine :

— Non ! amenez-moi chez vous, mieux encore, ramenez-moi [...] que nul ne connaisse votre amitié, que nul ne le juge [...] il serait condamné.

Il posa sa main sur le bras de son amie.

— Nous sommes arrivés à la gare, avertit Reine [...]

[...] une petite touche d'une lèvre [...]
[...] de l'artiste.
[...] quelques pas très entraîné [...]
[...] récente. Cette jeune personne avait beaucoup [...] c'était le meilleur moyen de capter la sympathie des gens [...] leur milieu.
Sa toilette sobre d'un bleu effacé de très bon goût, sans trop de [...] ni de fards, elle ne posait ici qu'à la jeune fille au monde qui [...] pour passer le temps et se faire les griffes [...]
[...] annonce d'un confrère inconnu, aveugle et défigure l'intérêt [...]
[...] son nom la première [...] qu'il [...] avec coquetterie.
Elle devait avoir vingt ans [...] qualité d'artiste lui permettait toc [...] tous les couloirs. Ainsi [...] le début du concert [...] elle [...] expression.
[...] elle [...] d'abord à ces artistes qu'elle connaissait [...] par une [...] peut-être honteux [...] de pencher dans le cabinet voisin, il [...] vues un [...] comme une fois.
Elle n'avait même pas frappé [...] par une cœur qui [...]
[...] tenant en habit debout, boutonnant ses gants.
— Bonjour vous [...]
Paul [...] le sentiment qu'il éprouvait tel qu'il laissa tomber un autre gant à terre. Un masque de velours frangé de dentelle [...] toute la figure. Gilberte crut qu'elle l'avait surpris, elle se [...] ramassa le gant avec [...] maladie de l'aveugle.
[...] malgré semblait s'étonner [...]
[...] réfléchit [...]
[...]
[...]
[...]
[...] méfiance, la méfiance en soup[...] [...] franchement la musicien. Des souvenirs [...] d'[...] d'[...], des comparaisons [...] soudain [...] Paul [...] prévoyait-elle [...] éteignit [...]
[...] tel comme un arbre secoué par l'orage, et non sans [...] la pesanteur de sa force enracinée profondément.
— Mon nom est en effet Paul Vannière, Mademoiselle, répondit-il [...] son place.
Elle répéta, obstinée dans son rappel à de doux souvenirs qu'elle [...] maintenant de voir si durement rebutés.
— Paul ? [...]
[...] une voix, une voix jeune, fraîche [...] vous [...] [...] le portrait divinateur encore.
— [...] moment ! donnez-moi la main !
[...] vous [...] vous le tendit son bras. On eût dit que [...] [...] frémissement cruel pour les écarter [...] [...] sur elle qu'il craignait tant [...]

CHAPITRE IX

« Cherchez la Femme, dit un proverbe, elle vous fuit. Fuyez-là, elle vous cherche. »

Les proverbes n'ont de valeur qu'autant qu'ils s'adaptent au carac-

Paul s'arrêta, le sentiment qu'il éprouva fut tel,
qu'il laissa tomber son autre gant..... (page 30).

tère des individus. Pour les femmes au cœur fier, à l'âme élevée, il n'est pas besoin de la chercher ni de la fuir, elle laisse parler son cœur quand elle peut le faire sans mal, et elle sait le faire taire quand il le faut, mais à côté des grands caractères, il en est des moyens, des petits, très petits. Gilberte Maurel était une bonne fille, à condition que

— […] Le flûtiste ne se remplacera pas de notre […] de déclarer il […] mais, pour une fois encore, qui […] Mais […] pour jouer à sa machine. Et ce lundi prochaine. Ensuite nous nous adresserons aux […] dire […] vous savez qu'on ne joue guère en ce moment ?

— […] fois par semaine sera très suffisant, assura Paul. Le travail n'est pas seulement un moyen d'existence. C'est surtout […] pour détacher mon cœur, détourner mon esprit, ne point […] du but, vous comprenez ?

— Je comprends, approuva-t-elle. Il faut oublier quand on ne […] espérer […]

[…] la machine de […] de passa. Ils se turent.

Elle servait les deux anciens avec une grande douceur; elle surveillait tour à tour, l'assiette de l'un, le verre de l'autre, leur coupait leur pain, leur tranche de rosbeef, mettait à leur portée fourchette ou cuillère, et tout en mangeant, racontait à Mme Aubry le succès de Paul au concert de l'après-midi.

— Cela ne va-t-il pas vous fatiguer ? s'inquiéta la vieille dame avec sollicitude.

— Nous n'abuserons pas, maman, c'est pour le distraire, pour donner un aliment à son esprit, et puis, tant que nous habiterons la campagne nous ne nous déplacerons que pour les environs. Nous donnerons des auditions populaires, ce sera mieux à tous les points de vue.

— Il y a il prend chaud et froid ?

— Impossible, je serai là, je veillerai, aucun malheur n'arrivera, je te le promets.

— Mais ta société ?

— Elle n'a pas absolument besoin de moi. Je ne serai plus dame visiteuse, je demanderai à passer secrétaire. La présidente me doit beaucoup autrefois; elle sera enchantée, moi aussi, car je n'aurai plus à m'absenter qu'une fois par mois pour des réunions.

Mme Aubry ne répondit rien; un pli s'était creusé entre ses sourcils; elle regarda profondément sa fille, Reine, l'interrogeant des yeux.

nous ne sommes pas sur la terre pour faire comme tout le monde : nous
devons agir selon nous-mêmes, selon la conception personnelle que
nous avons du bien et du mal.

— S'il venait à t'aimer pourtant, prononça plus bas encore Mme
Aubry.

Reine sourit avec tranquillité.

— Il ne m'aimera pas maman, rassure-toi.

— Qu'en sais-tu ?

— Parce qu'il en aime une autre, dit-elle doucement, et que je me
suis promis que cette autre ferait le bonheur de Paul.

CHAPITRE X

Leur vie s'organisa très vite. Quand on a les mêmes goûts, les mêmes caractères, rien ne gêne ni n'étonne ; Paul Vannière était au sur-
plus, un homme bien élevé, doué de sentiments délicats, et surtout, de
cette intuition que possèdent à un si haut degré les infirmes, ceux qui
vivent et sentent d'une vie intérieure, avec une sensibilité suraiguë.

Reine se levait à 7 heures ; pour ne pas lui créer l'obligation de
s'occuper de lui, il attendait patiemment dans son lit, que la jeune
femme eut fini de vaquer aux soins du ménage. Rose entrait à huit
heures, pour lui faire prendre une tasse de phoscao et des tartines co-
pieusement beurrées ; après elle, venait Reine apportant le journal. La
jeune femme s'installait et lui lisait les communiqués, les nouvelles
artistiques et mondaines, qu'elle coupait de réflexions personnelles
judicieuses ou amusantes. Ainsi préparé par un frais sourire à passer la
journée, Paul Vannière plus dispos, presque allègre, sentait la vie lui
devenir meilleure, cherchait par quoi il pourrait se rendre utile et
agréable à son tour. A dix heures, il descendait dans la salle à manger
où se trouvait installée Mme Aubry, tous deux demeuraient en tête à
tête, parce que Reine était aux commissions avec la vieille Rose. Mme
Aubry n'eût voulu plus à présent à cet homme d'être venu s'installer
sous son toit, ses préjugés s'étaient fondus devant la netteté des sentiments que ces jeunes gens affichaient sans affectation. Si Louis Aubry
revenait un jour, peut-être qu'au premier moment — comme elle — il
serait mécontent ; mais en considérant tout le bien qu'engendrait une
action trop libre de charité, il ne pourrait qu'aimer davantage celle qui
l'avait accomplie, et tout cela ne serait-il pas pour ajouter à son
bonheur ?

Et puis, une chose enchantait la bonne dame : Paul Vannière était
pour elle un compagnon très agréable. Il savait causer, il jouait du violon et du piano à ravir, il chantait avec émotion. Il poussait même
l'obligeance jusqu'à la promener dans sa petite voiture par les allées
du parc qu'il connaissait bien et dont elle lui annonçait les tout petits
changements.

Reine les surprenait souvent, immobiles devant un parterre fleuri,
l'aveugle respirant l'odeur chaude des héliotropes tandis que la jeune

dame, lui [...] avec elle, dont [...] il contait [...] qu'il avait [...] de
[...] de campagne, [...] il était [...] plein de prévenances.

Le déjeuner était toujours une gourmandise pour tous. Rose avec
qui [...] à confectionner des plats succulents et nourrissants [...] elle [...]
s'intéressait aussi à ce grand garçon dont le visage était un mystère, mais
dont l'âme était bonne et généreuse.

Le soir Paul prenait son violon. Il leur jouait l'air qu'il avait com-
posé l'après-midi ; Reine chantait. La vieille dame battait doucement
la mesure et dans la cuisine Rose, toute secouée d'émotion cessait de
remuer ses casseroles, marchait sur la pointe des pieds. La nuit était là,
la merveilleuse nuit pleine de clartés, d'effluves et d'amour, semblait
les recueillir elle aussi ; dans la campagne, nul bruit ne troublait la
prière du violon et la voix de la femme.

Nul bruit ?... pourtant, un homme s'acheminait vers la villa des
Glycines. La lune éclairait un uniforme bleu horizon sur lequel des
galons ternis jetaient quelques lueurs fugaces. Cet homme boitait. Il
avait un bras en écharpe, néanmoins, il marchait vite comme quelqu'un
très pressé que l'on n'attend pas.

Parvenu à la grille, il s'arrêta, une émotion plus forte que sa hâte
le fit s'adosser un instant contre la petite porte, la main valide posée
sur la sonnette, mais, immobile.

Alors, jaillissant soudain comme une incantation d'amour, de souffrance et de prière, un chant d'homme s'éleva dans la nuit.

Il disait les strophes émouvantes de Musset :

> Rappelle-toi ! quand sous la froide terre
> Mon cœur brisé pour toujours dormira ;
> Rappelle-toi ! quand la fleur solitaire
> Sur mon tombeau, doucement s'ouvrira.
> Tu ne me verras plus, mais mon âme immortelle
> Reviendra près de toi, comme une sœur fidèle.
> Écoute dans la nuit,
> Cette voix qui gémit
> Rappelle-toi !

L'homme de la grille avait levé vers la seule fenêtre éclairée un
visage décomposé par la souffrance.

À ce moment deux silhouettes se dessinèrent sur les rideaux de
dentelle, celles de Reine et de Paul.

L'officier étouffa une exclamation de colère, un cri de détresse.

Et courbé comme un vieillard, chancelant comme un homme ivre,
hoquetant des sanglots, il s'en retourna le long de la grande route
blanche toute baignée de lune.

CHAPITRE XI

Couchée sur le ventre, le visage enfoui dans son oreiller, les cheveux dénoués, répandus en masses sombres sur le drap finement brodé, Gilberte Maurel pleurait.

Il était neuf heures du matin.

Un heurt léger se fit entendre à la porte.

— Laissez-moi ! cria Gilberte.

— Comment, protesta une voix, moi, ta mère, tu me chasses comme une servante !

— Pardon, maman, je croyais que c'était Ernestine, gémit la jeune fille, toujours dans la même posture.

Mme Maurel entra, un peu grondeuse.

— Il va être neuf heures et demie, voyons, tu ne t'es pas couchée bien tard pourtant hier soir...

Tout en parlant, elle avait ouvert les rideaux et un flot de soleil inonda la pièce.

Elle vint vers sa fille.

— Bonjour, chérie !

— Bonjour, mère !

— Mais je ne peux pas t'embrasser comme cela ! tourne-toi donc !

Gilberte secoua la tête en signe de dénégation.

— Tu boudes encore ?...

Montre-nous la jolie tête.

— Voyons, ma chérie, qu'est-ce que tu as ? Tu es toute changée depuis quinze jours, tu as des caprices, des humeurs... je ne me plains pas, je t'assure seulement, je suis inquiète. Je voudrais savoir. As-tu du chagrin ?

Nulle réponse.

— Ah ! je me doutais bien, c'est du chagrin que tu as. Ne me crois-tu pas digne de ta confiance ?... Mais, ma Gilberte, ouvre ton cœur à ta mère, et crois-moi, vois-tu, je serai toujours ta meilleure amie...

De nouveau, les larmes de la jeune fille coulèrent.

Mme Maurel la prit dans ses bras, la câlina, l'embrassa, lui dit ces mots doux et puérils, des mots qui viennent du cœur des bonnes mères quand leur petit a du bobo.

— Tu as du chagrin ?

— Oui.

— Pourquoi ?

Silence.

— Tu voudrais une robe... un bijou ?

— Non.

— On t'a fait une sottise ?

— Non.

— Tu as perdu ton chien... ?

— Je m'en moque ! sanglota Gilberte.

— Le théâtre t'ennuie ?

— Tout m'ennuie.

— Est-ce que... hésita la mère.

— Quoi ? s'émut la fille.

— ...tu serais amoureuse ?

L'artiste hésita à son tour, mais elle fit « non » de la tête.

— Alors... vraiment... je ne vois pas...

Gilberte cacha sa jolie figure sur l'épaule de sa mère, et, tout bas, bien bas, honteuse et douloureuse, elle avoua :

— Je suis... jalouse !

Mme Maurel sursauta : de qui sa fille pouvait-elle bien être jalouse ? Elle avait tout ce qu'elle souhaitait, la fortune, la jeunesse, la beauté, l'art ; et les amoureux de sa dot se comptaient par douzaine.

— Dis-moi tout, encouragea-t-elle.

Le cœur de la jeune fille se dégonfla enfin. Elle raconta la scène entre son ex-fiancé et elle.

— Comment ! c'était Paul Vannière, ce musicien ! s'écria Mme Maurel.

— C'était lui, avec Reine Aubry.

Mais Mme Maurel se redressa :

— Reine Aubry ! Allons donc ! elle peut être sa marraine, son amie, un point, c'est tout ! C'est une honnête femme et elle aime son mari.

— Un mari qui ne reviendra sans doute pas, et dans ce cas, elle peut se remarier.

— Non, elle est de celles qui demeurent fidèles au souvenir. Mais, ma petite, quand cela serait, pourquoi n'aurait-elle pas le droit d'épouser celui dont tu n'as pas voulu parce qu'il est devenu affreux ?

— Je ne veux pas qu'il en aime une autre ! clama Gilberte.

— Qu'est-ce qui te prouve qu'il l'aime ?

— Il avait un tel élan vers cette femme.

— Élan de gratitude, cela se conçoit, le pauvre garçon devait se trouver si malheureux, si seul. Tu avais même refusé de le voir.

— Je regrette, balbutia la jeune fille, j'ai honte.

— Cela n'est pas irréparable, ma chérie ; à tout péché miséricorde. Veux-tu que j'essaie de vous raccommoder ?

— Oh ! maman.

— Mais il est toujours laid, sourit malicieusement la bonne dame.

— Je ne l'avais pas vu...

— Comme tu le vois à présent ? Je comprends de mieux en mieux. Allons, sèche tes larmes !

— Et s'il ne m'aime plus ?

— Allons donc ! Ne plus aimer ma Gilberte, je voudrais bien voir ! Seulement, une question. Pour être heureux tous les deux, il ne suffit pas qu'il t'aime, il faut que tu l'aimes aussi. L'aimes-tu ?

La jeune fille baissa la tête, confuse.

— Je vois, dit tristement la mère, ce que tu veux : c'est reprendre le cœur de ce garçon, en faire ton bien, ta chose ; c'est, pour ainsi dire, l'instinct de la propriété qui, seul, te guide. Cela n'est pas bien, ma fille, cela n'est pas digne de toi.

Pense au sort de ce pauvre garçon. Il t'aimait, tu l'as aimé, tu t'es promise à lui lorsqu'il était beau et séduisant ; il est parti avec cette idée que tu te garderais pour lui, que tu l'attendrais, comme font toutes les gentilles fiancées de France ; il est revenu défiguré, malade, et tu n'a pas voulu le voir ni l'entendre ; il serait sans doute mort de chagrin sans cet ange de charité qu'est Mme Reine Aubry. Vas-tu lui faire un crime de n'avoir pas succombé à la peine, de s'être rattaché à la vie par son art ? Chacun a le droit de faire son bonheur comme il l'entend et nul ne doit marcher dessus sous peine d'être malhonnête et méchant. Ton devoir était de garder ta tendresse, sinon ton amour, à ce malheureux ; tu n'en as pas eu le courage, à présent, tu as honte, tu regrettes, soit ! Cela n'est pas suffisant pour créer du bonheur, ma fille ; si tu aimes, demande pardon. Si tu n'aimes plus, laisse-le à sa destinée. Ne soit ni jalouse, ni mauvaise, ce n'est pas lui qui t'empêcheras d'être heureuse.

— Oh ! mère, comme tu me parles durement, protesta l'artiste.

Mme Maurel embrassa sa fille.

— Je te parle comme doit le faire une mère consciente de sa tâche. Tu n'es plus une petite fille, pourtant tu mérites parfois de recevoir des remontrances, conviens-en ?

— Alors, que faire ?

— C'est simple. Nous allons voyager, c'est l'époque des bains, partons pour Saint-Malo, ou n'importe quelle plage qui te conviendra.

— J'aimerais mieux que nous passions la saison à notre château de Villeneuve ; il y a, dans la ferme, des orphelins de Roubaix, je crois ?

— Trente-deux, renseigna la mère ; des garçons de huit à douze ans et des fillettes de neuf à treize, le dernier envoi que nous ayons fait. Ils travaillent aux champs et l'inspectrice, comme tous les gens de ferme, sont enchantés de cette main-d'œuvre qui n'était pas à dédaigner par les temps qui courent.

Je vais prévenir dès aujourd'hui notre Présidente des vacances que je m'octroie. Elle confiera mes fonctions à Mme Reine Aubry qui me remplacera au mieux.

— Nous partirons bientôt, n'est-ce pas ?

— A la fin de la semaine, tout sera réglé de mon côté. Et du tien ?

— Je n'ai pas d'engagements. Je travaillais tous ces derniers temps pour les œuvres de bienfaisance, en ce moment, je puis m'absenter sans ennuyer personne, et là-bas je chanterai pour les orphelins de Roubaix, cela distraira les paysannes de leurs soucis et de leurs peines.

Mme Maurel embrassa encore sa fille avec plus de tendresse.

— Allons, conclut-elle, tu es meilleure que tu ne le laisse voir. Le mauvais rêve se dissipera, et tu seras heureuse, ma Gilberte, tu verras.

L'artiste ne répondit que par un sourire désabusé.

La vice-présidente des Dames visiteuses se rendit dans le courant de l'après-midi au Siège de la Société afin d'informer ses collègues et sa supérieure de sa décision. Reine Aubry n'eut pas besoin de solliciter un autre rôle, comme elle le désirait. Toutes ces Dames lui conférèrent à mains levées, le poste de vice-présidente en remplacemnt provisoire de Mme Maurel.

— Vous n'aurez plus de dérangements, chère Madame, sourit finement la mère de Gilberte, mais, en revanche, vous aurez une grosse correspondance et une lourde responsabilité.

— J'accepte l'une et l'autre, acquiesça Reine sur le même ton.

— Nous sommes actuellement en pourparlers avec Sa Majesté le Roi d'Espagne, pour obtenir l'autorisation de donner des nouvelles de leurs enfants aux prisonniers français détenus en Allemagne, de leur envoyer des vivres, des vêtements, des livres, et surtout, des lettres de leurs petits.

— Je m'attacherai à remplir mon rôle avec dévouement, promit Mme Aubry. M'autorisez-vous même à quelques initiatives ?

— Tout ce qui peut faire du bien aux pauvres gens, accordèrent ces dames, à condition que nous soyons consultées.

— Naturellement !

Le samedi suivant, sous un ciel lourd d'orage, Gilberte et sa mère, installées dans un compartiment de première classe, filaient vers Villefranche pour leur château de Villeneuve par Ars.

CHAPITRE XII

C'était une grande maison blanche, avec un toit de briques rosés, la vigne grimpait le long des espaliers, et sous le soleil ardent d'août les fruits dorés attiraient les regards et charmaient l'odorat. Devant la maison, une pelouse immense et, tout autour, des arbres plusieurs fois centenaires étendaient l'ombre de leurs rameaux sur cette jeunesse grisée de grand air, de jeux et de gaieté.

Après l'épouvante, sous la botte allemande, le froid, la faim et l'horreur dans les caves des maisons bouleversées, comme il était doux de renaître, dans cette nature pleine de soleil, de fruits et de fleurs !

Les petites filles dansaient en rond, les cheveux flottants, les pieds nus, le corps libre dans une combinaison ; leurs voix aiguës montaient dans l'air, leurs yeux brillants de joie ne disaient plus la douleur de l'agonie passée, ils regardaient dans le futur, un futur plein d'espérances sans doute.

De l'autre côté — car la pelouse était séparée en deux par un grillage qui n'empêchait pas l'échange des compliments, voire des injures — les garçons, en maillot, les jambes, les pieds et les bras hâlés par le soleil, s'escrimaient à des jeux plus violents, les grands faisaient du foot-ball, les moyens jouaient aux billes, les petits à saute-mouton. Nul ne songeait à jouer à la guerre, comme font les gosses de nos faubourgs ; ils l'avaient vue, la guerre, et les pauvres enfants n'avaient qu'un désir : l'oublier.

Il était huit heures du matin ; comme c'était un dimanche, ils passaient leur matinée à jouer. A dix heures et demie, ils iraient entendre la messe à la chapelle du château.

Ce château dominait au-dessus d'eux comme un grand manteau protecteur ; ils le voyaient pour la première fois ouvrir ses fenêtres comme des yeux qui les regarderaient amicalement. Une petite fille en fit la marque à haute voix et tous les regards aussitôt se portèrent vers l'éminence qui annonçait du nouveau.

— C'est-y que c'est la fête de la bonne Dame, aujourd'hui ? suggéra une petite.

— Oa ben qu'elle vient en vacances, des fois... fit une autre.

— V'là not' maîtresse, avertit un garçon, sûr qu'il y a une surprise, car on nous laisse ben tranquilles d'habitude.

Les enfants se portèrent au-devant de la fermière, Mme Houdan, une bonne commère à l'air réjoui.

— Qu'est-ce qu'y a ? lui crièrent-ils.

— Mes enfants, annonça la bonne femme, Mme Maurel et sa demoiselle arriveront vers onze heures et demie au château.

— Bravo !

— Elles viendront nous voir cet après-midi, quand elles seront restaurées et reposées.

— Vive la bonne Dame !

— Vous serez bien sages, bien gentils, n'est-ce pas ?

— Pardine ! on va apprendre un compliment et leur faire des bouquets.

— C'est cela !

La surveillante principale qui arrivait à son tour, une dépêche à la main, décida :

— Par exception, vous viendrez à la messe de neuf heures et demie. Vous avez la permission de prendre chacun deux fleurs dans le jardin ; lorsque ces dames arriveront, nous leur ferons une garde d'honneur, du perron jusqu'au salon ; vous laisserez tomber vos fleurs sous leurs pas, et la plus intelligente des filles récitera un compliment que je vais lui donner.

Elle appela :

— Germaine ?

— Voilà, Madame, se détacha une jolie fillette d'une dizaine d'années.

— Venez avec moi. Vous, mes enfants, suivez Mme Houdan au dortoir, pour vous nettoyer et vous habiller — avec soin ! — recommanda-t-elle.

— Oui, Madame Berthe, oui ! oui ! on va se faire beaux. Faut que la bonne Dame soit contente de nous.

. . . .

Gilberte s'éveilla lentement du lourd et incommode sommeil, un engourdissement insensibilisait son corps, mais sa pensée tout de suite se mit au travail.

Elle consulta sa montre-bracelet, il était neuf heures vingt ; elle regarda sa mère qui dormait encore dans le coin lui faisant face, puis elle regarda à sa gauche et s'étonna.

Dans l'autre coin de la banquette, un officier somnolait, le bras sur l'accoudoir, la tête dans la main — une tête sans beauté, mais sur laquelle la souffrance mettait un cachet de noblesse. Son autre main était enveloppée de linges et maintenue à la poitrine par une écharpe.

son voyageur était monté. Elle le regarda... à Paris, une douzaine en robe de route; elle le compara avec...

Comme il avait l'air malheureux, remarqua-t-elle, et sa pensée complaisamment se transporta vers un autre plus heureux, vers Louis.

Gilberte déroula la couverture de voyage qui l'enveloppait, elle tira de son sac un miroir et se mit en devoir de procéder à une toilette sommaire et silencieuse.

De son côté, l'officier s'éveilla, ses yeux se portèrent sur cette femme qui s'occupait à se faire belle, il eut un sourire de mépris et il détourna la tête, regardant le paysage.

Le temps passa.

Quand Gilberte et sa mère arrivèrent en gare de Villefranche, l'officier descendit le premier, sans souci des deux femmes qui s'attendaient à ce qu'il leur fit quelques politesses.

— Il n'est pas mon filleul, se consola Mme Maurel en riant.

— Il aurait tout de même pu nous saluer, bouda l'artiste.

— Que veux-tu, il ne nous connaît pas!

L'officier, tout seul, sans valise, sans sac, s'était évanoui déjà dans les rues animées.

— Voilà l'auto, maman. Bonjour Léon !

— Ces dames ont fait un bon voyage ? s'enquit le chauffeur, sa casquette de toile cirée à la main.

— Mais oui, assez bon. Partons tout de suite, nos malles arriveront par le train suivant.

L'automobile traversa rapidement la ville. Une fois sur la grande route qui mène vers Ars et Villeneuve, Mme Maurel, pour mieux savourer la joie du retour, pria le chauffeur de ne pas se presser; la voiturette roula d'une allure d'équipage au petit trot.

Sur cette terre que les Allemands ne pourraient pas souiller, les moissons avaient été belles, les vendanges seraient magnifiques; le soleil, il semblait de vie irradiait dans toute sa gloire, et en songeant que là-bas, ce même soleil contemplait... Mme Maurel se sentait écrasée par la toute puissance de cet être qu'est le Destin.

Aux dernières maisons de Villefranche, l'auto dut ralentir encore, car un troupeau de moutons qu'un petit berger menait paître, s'était mis à tourner devant la voiture.

Mme Maurel, toute absorbée dans ses pensées, ne remarqua rien, mais Gilberte, dont les regards erraient à droite et à gauche, reconnut tout à coup la silhouette de l'officier si peu galant. Il était devant une petite maison de villageois et causait avec son habitant.

En passant, l'artiste entendit très distinctement ces mots:

— Je viens vous donner des nouvelles de votre fils... Je suis le capitaine Aubry.

CHAPITRE XIII

L'homme était un tout petit vieillard, courbé par le travail de la terre, blanchi par le chagrin ; ses yeux d'eau stagnante se levèrent sur ce visiteur qu'il n'attendait pas.

Et sa main tremblante se tendit vers celle de l'officier qui la serra avec force.

— Entrez, mon capitaine, entrez.

Une salle aux murs blanchis à la chaux, au plafond noirci, tapissé, le long des énormes poutrelles, de toiles d'araignées, qui, sûres de ne pas être dérangées, étalaient leurs fuselages jusqu'aux saucissons qui pendaient ça et là, provision d'hiver pour le paysan lyonnais.

Auprès de la petite fenêtre aux rideaux de percale à carreaux rouges et blancs, assise et tricotant un bas, une vieille toute ridée regarda le nouveau venu par-dessus ses lunettes.

— C'est le capitaine à not' fieu, annonça le vieil homme.

Comme galvanisée par une décharge électrique, la paysanne lâcha ses aiguilles, se dressa, les deux mains sur son cœur, le souffle rauque.

Alors, le capitaine Aubry retira son képi, il joignit les talons, raide comme à la parade, il regarda droit devant lui, et d'une voix toute vibrante d'émotion contenue :

— Mort pour son pays ! salua-t-il.

La petite vieille retomba sur sa chaise, le paysan parut un peu plus courbé, un silence plana que le tic-tac de l'horloge et le ronronnement d'un chat, seuls, troublaient.

Sur le mur, au-dessus de la vaste cheminée le portrait du fils semblait avoir l'air de dire :

— Ne vous en faites pas !

Le capitaine prit dans son portefeuille de menus objets, une croix de guerre, un mouchoir ensanglanté, une lettre.

— Voici les reliques ! dit-il.

La mère se saisit du mouchoir où elle enfouit sa figure, le père reçut la médaille et regarda la lettre.

— Je ne sais point lire, avoua-t-il.

Il avança une chaise, offrit à boire, l'officier refusa et, dépliant de sa main valide la précieuse épître, il lut :

Mes chers parents,

La présente ai pour vous dire que nous allons en mettre cette fois-ci, alors, pour lors, si j'y restai des fois, je vous embrasse bien. Mon capitaine, y m'a promis d'aller vous conter la chose, à charge de revanche bien entendu si c'est lui qui part. Faut vous dire que mon capitaine, il est un père pour nous. Aussi je vous pri de le traiter encore mieux que moi.

Votre fils pour la vie : BENOIT.

C'était tout.

L'horloge sonna onze heures et demie ; au loin, les cloches annonçaient la messe, le vieux demanda avidement :

— Contez-nous la « chose ».

— Il était à mes côtés, commença l'officier ; il ne voulait jamais me laisser, il est tombé en même temps que moi, frappé d'une balle à

— Une lettre de Louis,.... Il est vivant..... vivant ! (page 48).

la poitrine ; j'ai pris ce qu'il m'avait chargé de vous remettre. Je n'ai pu le faire plus tôt, parce que, ramassé blessé par les Boches, j'ai été amené en prison à Darmstadt. J'ai été malade par suite des mauvais traitements, j'ai tenté de m'évader plusieurs fois ; la dernière, il y a six mois, j'ai réussi à passer la frontière de Hollande ; blessé par les gardes au genou et au bras, j'ai dû demeurer à l'hôpital quelque temps ; en convalescence pour un mois, je suis venu aussitôt pour remplir ma mission. Votre fils fut un bon garçon et un soldat héroïque, mes amis.

— Je vous remercions ben, mon capitaine.

La paysanne alla quérir une bouteille, une vieille bouteille poudreuse, qu'elle conservait pour fêter le retour de son gars.

— Vous ne r'fuserez point, tout d'même, engagea-t-elle. Il a dit : « Traitez-le aussi bien que si c'était votre gars ».

— J'ai une autre commission, continua le capitaine. Votre fils m'a dit : « Embrassez-les pour moi. »

Et Louis Aubry se pencha tour à tour sur les deux vieux dont l'émotion faisait s'entrechoquer les mâchoires.

— Nous n'avons plus personne, à présent, gémirent-ils.

— Moi non plus, dit sourdement l'officier.

Puis, après un silence :

— Avez-vous une chambre libre ? demanda-t-il.

— Oui, ben, celle à not' fieu.

— Voulez-vous m'autoriser à passer mon mois de convalescence avec vous ?

— Oh ! mon capitaine.

— Je vous dédommagerai de votre peine.

— Ne parlons pas de ça, mon officier. Il a dit : « Traitez-le comme moi. »

— J'ai besoin de solitude, voyez-vous, je suis un peu ours. J'ai refusé de rester à l'hôpital, et je n'ai pas voulu qu'on m'envoyât dans un sanatorium.

— Je vas vous préparer « sa chambre », s'en fut tout de suite la petite vieille.

Le soir, accoudé à sa fenêtre ouverte, la tête dans sa main, Louis Aubry, tout seul, dans la nuit chaste et sereine, dans l'immensité qui fait paraître plus grand notre désespoir, plus petit notre cœur, plus misérable notre être, Louis Aubry pleurait.

CHAPITRE XIV

Au coup de sonnette, la vieille Rose s'arrêta d'éplucher ses légumes, elle déposa sur la table le couteau et le torchon, puis, sans hâte, sachant bien que c'était le courrier du matin, elle descendit au jardin.

Une voix joviale, un tantinet impatiente, lui cria de loin :

— Hé, la mère ! dépêchez-vous, j'en ai pas mal aujourd'hui.

— Pourquoi qué vous ne les mettez pas dans la boîte, tout de même ?

— Pas moyen, il y a un tel paquet !

— Me v'là ; ah ! ben, pour sûr qu'y en a !

— Heureusement que ce n'est pas des lettres d'amour, hein ? fit le facteur.

— ... Vous ne prenez pas un verre de blanc ?

— Merci bien, ça sera pour une autre fois. Il m'en faut aujourd'hui... ce n'est pas pour me plaindre, mais il nous faut ... chez les poilus, avec leurs babillardes. Au revoir, ma fine.

— Au revoir, ma fine.

Rose revint, tenant avec importance un volumineux courrier.

— Montez-le dans la chambre de maman, lui cria Reine qui suivait la scène de la fenêtre de la salle à manger.

Mme Aubry était encore au lit, ne se sentant pas très bien ... Ce fut entre ses mains que Rose déposa le courrier. Elle se mit en devoir d'en faire le tri, pour faciliter la besogne de sa fille.

De ses mains que la paralysie commençait à atteindre aussi, elle ... les enveloppes de toutes nuances et de tout format sur les couvertures ; elle mit ensemble les lettres dont elle reconnaissait l'écriture. Une d'elles la fit pâlir tout à coup.

— On dirait l'écriture de Louis, balbutia-t-elle. Il y a si longtemps... je ne me souviens plus... Elle vient de Hollande, le timbre est daté du mois d'avril... Mon Dieu !...

— Qu'y a-t-il ? maman, qu'y a-t-il ? entra Reine à ce moment.

— Vois donc !

— Une lettre de Louis ! s'écria à son tour la jeune femme, c'est donc qu'il est vivant... vivant ! Elle décacheta la bienheureuse lettre, l'embrassa, la serra sur son cœur, les yeux brouillés de larmes, puis s'asseyant sur le lit de sa mère, elle lut d'une voix tremblante d'émotion heureuse :

28 avril 1916.

Ma chérie,

Je n'ai pu t'écrire plus tôt. Fait prisonnier en novembre 1914, j'ai tenté par trois fois de m'évader et, pour me punir, les Boches m'ont privé de toute correspondance. Cette fois enfin, j'ai réussi, non sans peine et bien ... de politesse, mais je suis retenu en Hollande pour des formalités qui ne dureront pas trop longtemps... Écris-moi bien vite... longtemps que je ... de tes nouvelles. C'est ... qui ... le plus souffert. J'ai été blessé... mais pas trop grièvement ... et à la main. Je suis heureux, j'attends ... toi, dépêche-toi !

Je t'embrasse, ainsi que maman, de toutes les forces de mon cœur.

Toujours à toi.

LOUIS.

— Il est vivant ! répéta Reine radieuse, il va revenir...

— Il me semble qu'il tarde bien, cependant, remarqua Mme Aubry.

… avril, nous sommes au 9 août, quatre mois … que … arrivée de Hollande. C'est bien du temps … La poste fonctionne si mal … Pourtant … Louis ne mettrait pas … lenteur pour venir, lui. Ce sont sans doute ces formalités …

— Pourquoi ne vous a-t-il pas récrit ? murmurait la mère toute …

— C'est vrai, s'inquiéta Reine ; peut-être est-il malade ? puni. Mon Dieu ! voilà toute ma joie gâtée …

— N'importe, je vais m'informer. J'irai cet après-midi au Ministère de la Guerre, je montrerai cette lettre, je saurai ce qu'on a fait de … l'essentiel, vois-tu, c'est qu'il soit vivant. Ah ! je suis bien … tout de même. Je vais aller annoncer la nouvelle à Paul et … … c'est vous …

— Oui, mon oncle … j'avoue … je n'écoutais pas, mais j'ai tout … je partage votre bonheur, n'ayez pas de craintes, je crois … l'essentiel … ce qui … est passé … les formalités auront peut-être … longtemps … il aura tenté de … soustraire … ce n'est pas le premier qui … en Hollande, et … ensuite et cherché … (le canard … de la famille) et Louis, reprit, aura été mis au secret … … Il suffit maintenant que vous mettiez au courant l'autorité militaire, qui vraisemblablement ne sait rien. Elle fera le nécessaire, … croyez-moi.

— Vos paroles me font du bien, mon cher Paul. Je vais faire comme vous dites, tout de suite, tout de suite …

— Mais … ton courrier ? objecta la mère.

— C'est vrai, bouda Reine ; eh bien ! dépêchons, Paul, … … …

… … … …

— Vous … voudrez … doutes … … venez rester avec nous, en famille, vous n'êtes pas indiscret, puisque vous ne voyez rien, sourit-elle … … vous … laisserez-vous sur ce fauteuil près de maman. Je vais … le courrier et répondre à ce qui est le plus urgent.

… déchachetait avec une hâte fébrile, lisait, la pensée ailleurs, de … collègues la tenant au courant de leurs travaux, des … … remerciant ou demandant, des lettres de … … implorant … secours, des lettres de … petites filles … reconnaît … … — « Je m'amuse beaucoup, je dors bien, je mange bien, je lis … … aussi … pour … récompense, je voudrais bien que … … … maman. »

— … les … ?

— Nous ne pouvons leur rendre leur mère, mais nous allons … une œuvre bienfaisante entre toutes, celle des … petites … … … à … Chaque petite fille riche qui voudra … une bonne action prendra sous sa protection une petite orpheline, … … lui donner … … vêtements … … jouets, de … … … au moins … … … petite mère … des … … … … … sa maison …

— Et ton idée à Trouv... des ...?

— Certainement ! Toutes les filles de nos [...] [...] et écrites et réclament déjà.

— Pourvu que leur enthousiasme dure !...

— J'y ai songé, maman, se mit à rire la jeune Mme Aubry, pour empêcher ces petites filles de se lasser, j'ai obligé leurs [...] à [...] elles-mêmes ; l'acte n'est pas fait sur papier timbré, mais je suis tranquille, une honnête femme ne renie jamais sa signature.

— Puissiez-vous avoir beaucoup d'idées comme celle-là, souhaita Paul Vannière... Mais... les petits garçons ? Qu'en faites-vous ?

— La même chose, les petits garçons riches seront les [...] pères ?

— C'est parfait.

— Tiens ! s'exclama tout à coup Reine, une lettre de Mlle Maurel.

Elle se mordit les lèvres, mécontente de sa maladresse, et regarda les mains et la poitrine de Paul, seuls endroits de son être qui pussent trahir ses émotions.

Son souffle était égal, sa main gauche demeura appuyée au bras du fauteuil, la droite jouant avec la chaîne de sa montre.

— Il l'aime encore cependant, réfléchit Reine, il l'aime toujours, j'en suis sûre, mais sa fierté a bâillonné son cœur. Comment réussirai-je à réconcilier ces deux êtres ? Je ne sais pas encore, mais le Destin m'aidera. Il faut que Paul soit heureux près de Gilberte et que Louis me revienne, plus aimant que jamais. J'ai bien mérité cela, je suppose. Allons, tout s'arrange, il suffit d'être patient et d'employer utilement le temps. Voyons cette lettre.

La jeune femme, prudemment, la parcourut d'abord. Elle était brève et nette :

10 septembre 1918.

Madame,

Je dois passer la semaine prochaine — mardi probablement — à [...]. Je désirerais vivement vous parler seule à seule. Voulez-vous vous donner la peine de monter chez moi vers deux heures de l'après-midi ?

Croyez, Madame, à mes meilleurs sentiments.

Gilberte MAUREL.

— Ah ! fit Reine, étonnée et intriguée.

— Elle revient ? demanda Mme Aubry.

— Mlle Maurel m'informe qu'elle passera à Paris la semaine prochaine et m'invite à l'aller voir à son hôtel.

Et, de sa voix la plus naturelle, Reine expliqua :

« Sans doute a-t-elle à m'entretenir de ses protégés de Villeneuve. Je sais, par sa mère, qu'elle est devenue une fervente amie de toutes ces petites orphelines, elle leur apprend la musique, le chant, la danse ; elle a créé dans le parc du château un théâtre de verdure et dans [...] printemps elle doit y donner une représentation avec le concours de [...]

meilleures élèves. Ce sera charmant, j'en suis sûre, ce sera une réédition de « L'Oiseau Bleu ». Qu'en dites-vous, Paul ? »

Ainsi interpellé, l'aveugle qui, sans doute, regardait en lui, sursauta, se troubla :

Mais, raffermissant sa voix :

— Mlle Maurel est sans doute meilleure au fond d'elle-même qu'à la surface, dit-il gravement.

— Il faut le croire, appuya Reine.

Maintenant, je monte m'habiller, Rose va vous apporter votre violon. Vous répéterez pour maman votre improvisation d'hier soir, nous déjeunerons ensuite, puis je partirai pour Paris. Vous vous reposerez tous les deux dans le jardin — il fait très doux — je rentrerai vers six heures et vous apporterai des nouvelles et des cigarettes.

— C'est entendu, conclut Mme Aubry.

Au Ministère de la Guerre, la jeune femme apprit que son mari, ayant tenté de s'enfuir de Hollande, avait été mis au secret, puis, malade, il avait fait un mois d'hôpital. Tout récemment rentré en France, il avait demandé à passer son congé dans un petit village des environs de Villefranche, où il se trouvait encore.

La stupeur et le chagrin empêchèrent la jeune Mme Aubry de prononcer une seule parole ; l'employé militaire qui l'avait renseignée eut un petit sourire, mais ne fit aucune réflexion quand elle fut partie.

Dans la rue, Reine dut s'arrêter pour s'appuyer au mur ; un brouillard s'étendait devant ses yeux, son cœur battait, son sang se glaçait, un chaos de pensées tourbillonnaient dans son cerveau.

« Il est libre, après deux ans d'absence et il n'est pas venu, il ne viendra pas.

« Il n'est pas venu... Il ne viendra pas », martelait sa pensée.

— Mais pourquoi ? pourquoi ?

Défaillante, elle fit signe à une automobile qui passait.

— Au bois de Vincennes, ordonna-t-elle sans savoir.

Une fois enfermée, toute seule, elle abaissa les stores pour s'isoler davantage.

— Que lui ai-je fait ? bégaya-t-elle. Qu'a-t-il à me reprocher ? rien, rien, rien.

Son instinct, pourtant, l'avertissait confusément.

— Si, si, tu as fait quelque chose.

Elle fit son examen de conscience, chercha désespérément.

— J'ai fait le bien, j'ai donné mon temps, ma peine, mon argent, pour le bien des autres, j'ai semé de ma tendresse pour les petits, de mon cœur pour les grands, mais sa pensée est demeurée en moi comme le Christ au fond du tabernacle, je n'ai pas fait de mal, non, oh ! non !...

Elle renversa sa tête pâle contre le fond de la voiture.

— Méchant ! gémit-elle.

Et elle se mit à pleurer, comme les enfants pleurent quand ils sont battus sans savoir pourquoi. Longtemps, elle pleura, mais nulle

avant son départ, lui revinrent en mémoire avec la rapidité et la péné-
tration d'une flèche :

— Reste à moi !

Et puis cette réflexion de Mme Aubry, le soir où Paul Vannière
entra dans leur maison :

— Que va dire le monde ?

Et cette autre, lancée par un gavroche :

— Tiens ! v'là encore une marraine avec son poilu.

Reine se voila le visage de ses mains.

— Oh ! protesta toute l'honnêteté de son cœur.

Alors, elle devina tout.

— Il est venu, il a vu, il a cru voir, et il est parti. Il ne reviendra
plus...

La sensation de l'irréparable l'enveloppa comme un suaire.

— Je ne veux pas ! je ne veux pas ! je ne veux pas ! sanglota la
malheureuse femme.

CHAPITRE XV

La femme de chambre entra, une carte de visite à la main.

Gilberte était assise devant sa coiffeuse, elle arrangeait sur son
front et ses oreilles les bouclettes que la mode exige qu'on appelle
« guiches » ; elle ne suspendit pas son opération, mais répondit tout
de suite :

— Priez Madame Aubry de m'excuser de la recevoir dans ma
chambre, le salon n'est pas présentable.

— Bien, Mademoiselle.

Deux minutes après, Reine Aubry, sobrement vêtue d'un tailleur
bien sombre et coiffée d'un grand feutre orné d'un simple ruban, faisait son entrée et saluait.

— Comme elle est changée, remarqua en elle-même l'ex-fiancée de
Paul Vannière.

Elle tendit la main et sourit aimablement.

— Vous m'excusez de vous avoir dérangée ? s'informa-t-elle.

— De tout mon cœur, assura Reine.

Elle s'assit sur la chaise que Gilberte avançait. Elle regardait la
jeune fille sans émotion, sans trouble. On eût dit qu'elle ne se souvenait pas de la petite scène chez Mme de Brimes. Cependant, elle
semblait souffrir, son air enjoué avait disparu, un pli se creusait
entre ses sourcils, il y avait, aux coins de sa mignonne bouche, une
amertume.

— Madame votre mère va bien ? s'enquit-elle.

— Oui, dit Gilberte, nous sommes heureuses là-bas, et c'est pour
vous prier instamment de venir partager notre bonheur que je suis
à Paris.

— Je ne comprends pas, s'étonna Reine.

— Ma mère vous a tenue au courant, n'est-ce pas, de tout ce
qui se passait au château de Villeneuve ?

— Oui, c'est très bien.

— Elle vous a donc prévenue que le 20 septembre nous donnerions une matinée-concert au théâtre de verdure ?

— Oui.

— Je viens vous demander de bien vouloir nous amener M. Paul Vannière, et d'être tous deux nos hôtes pour une petite semaine.

Une émotion avait fait trembler sa voix, elle avait parlé vite comme quelqu'un qui a peur d'être interrompu ou qui se décharge d'un lourd secret, et elle fouillait dans les yeux de Reine avec inquiétude.

Celle-ci montra quelque étonnement.

— C'est à M. Vannière qu'il faut demander cela, objecta-t-elle.

— Oh ! Madame, exclama Gilberte avec reproche, croyez-vous que j'aie le droit de lui demander quelque chose, moi !

— Dans ce cas, il me refusera également.

— Non, je suis certaine qu'il fera tout ce que vous voudrez.

— Qu'est-ce qui vous autorise à émettre cette assurance, Mademoiselle ? s'écria un peu trop vivement Reine Aubry.

— Les apparences, Madame, repartit l'artiste.

Un flot de sang empourpra les joues de la jeune femme.

— Les apparences ! Ainsi, il suffit d'avoir pitié d'un malheureux, il suffit d'être jeune, il suffit d'agir selon son cœur et sa conscience pour que les apparences vous condamnent ! C'est moi qui ai rendu à la vie, à l'art, au bien, cet homme que vous aviez abandonné au désespoir et à la mort ; c'est moi qui l'ai sauvé et c'est moi que les apparences condamnent.

Ah ! que d'erreurs, que de crimes se commettent impunément sous la sauvegarde des apparences. Il faut songer à soi, n'est-ce pas ? Il faut songer : « Que dira le monde ? » Il ne faut pas songer au pauvre qui meurt de faim, au malheureux qui se noie, avant de leur tendre le salut, il faut se dire : « Est-ce bien ainsi ? » et tandis que vous hésitez, le misérable agonise, il meurt, vous vous retournez à peine, vous dites : « C'est mieux comme cela. » Pourtant, avez-vous eu la vision de ce qu'il pourrait être s'il était encore ? Oh ! Mademoiselle, il est si beau, si noble de tendre la main, de rendre le courage, la dignité, la vie ! N'est-ce pas pour ce rôle de consolatrice que le bon Dieu nous a mises sur terre ? Notre beauté doit émouvoir, notre bonté doit charmer, notre tendresse doit consoler, ces trois dons ne sont-ils pas essentiellement féminins ?

Pourquoi, Mademoiselle, n'avez-vous pas rempli votre rôle de femme ? Aviez-vous peur des apparences ?

Remuée jusqu'au fond de l'être par cet appel si véhément, Gilberte avoua en courbant la tête :

— J'ai eu peur du ridicule.

— Le ridicule n'existe que chez les sots.

— Madame ! s'écria Gilberte, ayez pitié de moi ! Comprenez-moi ! la femme n'est pas toujours telle qu'elle le désire, elle est telle que la souhaite son milieu. J'ai vécu parmi des snobs, des envieuses, des êtres

qui me flattaient, mais qui ne m'aimaient pas. Ma mère a supporté
tous mes caprices, elle n'a corrigé aucun de mes défauts ; j'aurais pu
être pire sans l'art qui m'enthousiasmait ; et à vingt ans j'ai connu
le seul homme que j'aie aimé. Il était beau, il aurait tenu les plus
belles promesses, sans cette guerre atroce ; je le répète, Madame,
ayez pitié de moi ! J'ai été prise d'horreur, d'épouvante, de craintes,
j'ai été lâche, oui, j'ai reculé devant mon devoir parce que j'étais certaine que nulle autre devant un visage aussi affreux n'aurait le courage d'offrir du bonheur et des baisers.

— Je vous comprends, dit doucement Reine.

— Mais vous êtes venue...

— Je l'ai sauvé.

— Il vous aime...

— Les apparences, toujours, n'est-ce pas ?

Gilberte laissa tomber sa tête dans ses mains, secouée de sanglots
convulsifs.

Elle cria presque :

— Je suis jalouse !

Reine Aubry eut un pâle sourire, elle contempla la jeune fille qui
pleurait ; elle se leva, et venant tout près d'elle :

— Que ne prenez-vous ma place, vous qui êtes aimée, prononça-
t-elle.

— Je ne suis plus aimée ! Il me méprise !

— Il vous aime.

— Il m'a tourné le dos pour aller à vous.

— Il vous aime.

— Il a évité tous les endroits où nous pouvions nous rencontrer.

— Il vous aime.

— Madame ! supplia Gilberte en se dressant, éperdue, ne me donnez pas d'espérance vaine !

Les deux femmes se tenaient inconsciemment l'une contre l'autre,
les yeux dans les yeux, les mains nouées.

— La preuve qu'il vous aime, acheva Reine, c'est qu'il viendra au
château de Villeneuve, je m'en porte garant.

L'artiste laissa tomber sa tête sur l'épaule de Reine Aubry et, éper-
dument, elle pleura.

— Vous l'aimerez bien ? demanda l'ex-dame visiteuse.

— De tout mon cœur.

— D'amour ?

— J'essaierai.

— Il ne faut pas essayer, il faut vouloir. Il ne faut pas regarder
son visage, il faut voir son âme. Il faut qu'il vive comme il a le droit
de vivre, qu'il ait du bonheur, des enfants, de la sécurité et de l'harmonie. Me promettez-vous ?

— Oui.

— Il sera l'instrument dans votre art, vous serez la voix. Vous
pourrez faire le bien sans effort, répandre de l'idéal parmi les damnés
de la terre. Vous étiez faits l'un pour l'autre, et maintenant, voir

[illegible]
la joie.

— Oui.

— Embrassez-moi pour ma récompense.

Gilberte entoura le cou de la noble femme, leur baiser fut [illegible] nel et bienfaisant.

Tout à coup, les yeux de l'artiste tombèrent sur un petit [illegible] lon que Reine portait à une chaîne d'or, elle vit un portrait qu'elle reconnut aussitôt.

Elle réfléchit un moment, puis un furtif sourire erra sur ses lèvres. Affectueusement, elle rappela la promesse :

— Vous viendrez à Villeneuve, n'est-ce pas ?

CHAPITRE XVI

Le mutilé s'était isolé au fond du jardin. Depuis la lettre de [illegible] et celle de Gilberte, il semblait que quelque chose avait détruit l'har[illegible] monie de son existence, il avait cessé presque de paraître au salon, il ne se promenait plus avec Mme Aubry ; il ne goûtait que du bout des dents aux petits plats de Rose et, chose plus grave, il fuyait [illegible]

Elle avait pensé tout naturellement :

— La lettre de Gilberte lui a rappelé le passé [illegible]

Faisons leur bonheur.

C'est avec cette résolution qu'elle était venue à Paris.

Elle revenait, un peu de baume sur la blessure de son âme [illegible] de suite, elle s'informa de l'aveugle.

— Il est au fond du jardin, renseigna Rose. Ma fine, il doit sû[illegible]ment couver quelque chose.

— Il s'ennuie peut-être, suggéra Mme Aubry.

— Je vais le lui demander, s'en fut la jeune femme.

Elle marcha vivement dans le jardin vers un bosquet où elle était sûre de retrouver le blessé.

A son grand étonnement, il n'y était plus.

Il l'avait entendu rentrer, il s'était éloigné davantage ; elle le trouva assis sur un tronc d'arbre renversé près du mur de clôture, tout au bout du parc.

— Oh ! le sauvage ! s'exclama-t-elle gaiement. Vous nous boudez donc à ce point ?

— Non, je ne boude pas, affirma-t-il en tendant les mains [illegible] du chagrin...

Elle s'assit aussitôt près de lui, gardant ses mains dans les siennes.

— Du chagrin ? interrogea-t-elle, émue.

— Parce que vous en avez aussi, acheva-t-il presque à voix basse.

Elle se força à rire :

— Ah ! bah ! et à quoi voyez-vous ça ?

— A tout, à votre voix, à votre silence, aux mouvements que vous

— Un conseil, dit-elle franchement.
— Lequel ?
— ... Ah! non! elle dit à ce pauvre garçon ...
... parce que vous êtes là, c'est vous qui avez ... moi ...
... vous, mon mari ... à mes côtés, il m'aimerait, ...
... être aimée là.
— Elle compter.
— Je vous prie ... ces retards dans les formalités pour revenir ...

— On vous a dit qu'il n'était pas encore réparé ?
— ... non, ...
— ... ne vous désolez. Tout finit par s'arranger dans la vie ...
... Ah! fit-elle, aujourd'hui il ne s'agit ...
... vous aimez, ... il ... dont ... vous ...
... que vous êtes ...
... serait ...
— ... pourquoi vous êtes toujours ... vous ...
... vous marier, fonder un foyer, ... un ...
... reste ...
— Je ne veux pas me marier.
— Vous dites ? sursauta-t-elle.
— Je ne veux pas me marier, répétai-je avec force. Je ne veux pas
... une femme ... se donner à moi par pitié. Je ne veux pas
... donner ... à ces conditions ... moitié de ce ...
... que je porte en moi.
— ... que dans ... la ...
— ... Vous ... allait ... mes ...
... veux pas le faire.
— Vous avez tous les droits, mon ami, puisque vous êtes aimé.
... de vous, protesta-t-elle avec véhémence. ... vous, c'est
... très fort, vous ne ...
— ... dire, ... je ... il ne faut ... que ...
... qu'elle ... mille raisons ... comme ... vous ...
... franchement délivrée, la voir ... fils, ... elle ...
... rudement à la mort, malgré ce qui est pire que la mort,
... du bonheur. Je vous ai montré ce qu'est une amitié
... si durable. Vous croyez en moi ...
— Oui ... ? murmura-t-elle.
— Maintenant je vais ... ce miracle de l'amitié, tout ce ...
... croyez ... l'amour. Paul ... non, il ne faut pas ...
... pour être aimée, il faut ... pour jour, il faut que ...
... vérité. Je veux que vous soyez ... à moi ...
... je vous le dis.
— ... que vous le croyez, balbutia ... vous ... vous avez ...
... de ... Mon ami ... vous le dois, j'hésite ... je peux ...
... aussi ... quand ... c'est pour elle ... vous ...

— Alors, mon ami, voyez, tout est simple. Gilberte m'a demandé de vous amener avec moi à Villeneuve, elle m'a supplié d'intercéder auprès de vous. Elle regrette, elle vous rendra heureuse puisqu'elle vous aime.

« Et moi aussi, pensait Reine secrètement, moi aussi je serai encore heureuse et aimée. Louis reconnaîtra son erreur, en voyant Paul épouser Gilberte. Il reviendra, et... »

Dans le silence, la voix de Paul Vannière venait de s'élever, triste, grave et ferme.

Elle disait :

— Mais moi, mon amie, je n'aime plus Gilberte.

La jeune femme demeura pétrifiée.

— Ce n'est pas possible ! cria-t-elle enfin.

— Ce qui n'est pas possible, articula-t-il, c'est que j'aie conservé pour une femme qui m'a si lâchement abandonné, l'ombre même d'un sentiment. Un homme de cœur ne peut aimer une femme qui lui a témoigné du dégoût; un homme d'honneur ne peut pardonner à une femme qu'il méprise. Ah ! certes, j'ai bien souffert, j'ai bien lutté pour en arriver là. Je l'aimais ! Je croyais en elle comme en Dieu, j'ai attendu longtemps malgré le scepticisme que j'affichais. Je lui aurais pardonné avec joie si elle était revenue. Mais elle n'est pas venue. Ne prenez pas pour de l'amour le sentiment de jalousie et de dépit qui l'a fait dresser entre vous et moi; c'est une enfant gâtée, habituée à ce que tout plie devant elle. Elle m'aurait laissé mourir sans remords si elle ne vous avait pas rencontrée, si douce, si bonne, penchée vers moi, et elle a regretté, non son bonheur, mais le jouet qu'une autre lui prit. Est-ce à cette femme-là que vous voulez que je donne mon cœur endolori ? Croyez-vous qu'elle ne se lasserait pas, sitôt qu'elle m'aurait reconquis ? Non, Reine, n'insistez pas. La compagne d'un mutilé ce doit être une femme comme vous, une femme qui me tend la main comme vous, spontanément, de tout son cœur. Et puisque vous ne pouvez être cette compagne idéale, puisque nous sommes et restons amis, rien qu'amis, permettez-moi de vivre dans votre atmosphère, c'est le seul bonheur que j'ambitionne et qui puisse durer toujours.

Reine Aubry demeurait effondrée, elle ne répondit pas tout de suite.

— Vous êtes fâchée ? s'inquiéta-t-il en cherchant sa main.

— Permettez-moi de tenter une suprême épreuve, supplia-t-elle.

— Tout ce qu'il vous plaira, s'inclina-t-il.

— Venez avec moi à Villeneuve ?

— Je n'y vois pas d'inconvénient.

— Oh !... s'enfuit Reine, le cœur ravagé de détresse.

Le mutilé demeura seul, rien ne trahissait son impression sur son masque immobile, mais sa main blanche, un moment tendue vers une envolée, se porta vers ce qui lui restait de lèvres, pour étouffer une plainte ou, peut-être, un baiser.

CHAPITRE XVII

— Vous n'allez pas voir la fête au château ?

— Quelle fête ?

— Du concert, de la comédie, est-ce que je sais encore. La seule chose intéressante, c'est que c'est pour l'œuvre des Orphelins de la guerre.

— Dans ce cas, j'y vais.

Assis l'un en face de l'autre, le père de Benoît et son capitaine échangeaient familièrement des nouvelles du pays.

— Mais, objecta le capitaine, peut-être faut-il une invitation.

— Pas du tout, on n'a qu'à payer vingt sous pour entrer dans le parc, dit le père Aubry.

Le concert de bienfaisance était donné sur le parc vers deux heures après midi. Le capitaine n'eut qu'à payer les braves gens du pays pour qu'il ne se gêne pas à s'égarer en chantant.

Il arriva au théâtre de verdure comme Gilberte, entourée de quelques petites filles en robe blanche, commençait à chanter.

Elle l'aperçut, un sourire mutin voltigea sur ses lèvres, car elle ignorait qu'elle n'était plus aimée.

Paul et Reine, arrivés le matin seulement au château, avaient tout juste eu le temps de s'entendre avec Mme Maurel, sur le rôle qui leur était dévolu. Rôle bien simple. L'aveugle jouerait un air de « Manon ». Gilberte le chanterait. Reine Aubry demeurait dans l'ombre.

« Puisqu'il est venu, pensait l'artiste, c'est qu'il m'a pardonné... à moi, et je rendrai le capitaine à sa famille. Le malentendu dissipé du fait de mon mariage avec Paul... »

... brillante et jolie à ravir.

Les petites filles reprenaient en chœur, en esquissant un pas de ballet.

Tous les paysans valides, tous les bourgeois et les châtelains du voisinage étaient venus, du moment qu'il s'agissait des Orphelins de...

Après Gilberte, d'autres artistes vinrent amuser ou intéresser... on annonça dans un grand silence :

— M. Paul Vannière, un mutilé de la guerre, et Mlle Gilberte Maurel.

Le capitaine Aubry étouffa à grand-peine une exclamation, en...

— Paul !

Dans une stupeur, le public en place. Sur la scène l'aveugle, appuyé au bras de Reine Aubry. — Il avait refusé l'appui de Gilberte.

Le capitaine passa ses deux mains sur son front.

— Quoi ! cet homme... Son ami et sa femme, les traîtres !

Un flot de sang lui monta au visage et se dressa, voulut crier, gémir... et retomba lourdement sur sa chaise.

— Vous êtes indisposé, mon capitaine ? s'inquiéta un...

La douleur... bredouilla-t-il.

Il n'entendit plus rien, une rage absolue l'envahit... des cloches tintèrent dans ses oreilles ; son sang affluait de son cœur à son cerveau, cherchant une issue.

Mais, d'un effort surhumain de volonté, il réussit à maîtriser sa souffrance.

Aucune pitié ne lui venait devant cet ami qu'on lui disait défiguré ; il ne voyait que le masque de velours noir. Une rage... une envie furieuse lui crispait les doigts de saisir cet homme et de... de jeter à terre ce masque, de déchirer cette figure.

À l'entracte, il se leva hâtivement, il se dirigea vers les coulisses... laissant Reine donnant le bras à Paul Vannière — encore et toujours.

Ils étaient seuls...

— Suivez-moi, je vous prie !

Paul et Reine se retournèrent brusquement. D'instinct, la pauvre femme se porta en avant, victime offerte entre les deux hommes.

— Cette voix ?... interrogea l'aveugle.

— Éloignons-nous un peu, n'est-ce pas ? grondait le mari de Mme Aubry.

Reine entraîna le mutilé qui répétait tout surpris :

— Cette voix...

Quand ils se furent perdus dans les allées solitaires, désertes...

— Mais toi ! s'exhala le capitaine Aubry... c'est toi ! ... tu ne sais pas je souffrais là-bas, que j'attendais vainement une lettre, un mot... vous vous aimiez ! Vous souiller mon toit ! Vous déshonorer, moi qui... Mais tout se sait. Je suis revenu, je vous ai vus ensemble, toujours ensemble, devant le monde, devant mes amis, au mépris de toutes convenances.

— Il est fou ! s'effara Paul.

— Ingrats ! moi qui vous aimait tant ! ah ! toi du moins, qui m'arrache les yeux !

Et ne se possédant plus, le capitaine Aubry se jeta sur Paul et lui arracha son masque, et ses ongles, en même temps, déchirèrent le caoutchouc rose qui cachait ses plaies. Au grand jour, sous la... qui passait à travers des feuilles des arbres, le mutilé apparut, le visage encore sans yeux, sans lèvres, sans sourcils... horrible.

Louis Aubry se recula, interdit.

Alors Paul Vannière parla à son tour.

— Écoute, dit-il, écoute et crois-moi, car... que tu veux me croire, je ne me relèverai pas. Je n'ai pas cessé un seul jour de... adorer ta femme. Les apparences et la méchanceté qu'elles suggèrent... ont fait de toi un jaloux et un malheureux. Je te pardonne, en faveur de ce que la femme fut pour moi. Juge : j'avais perdu ma mère, et... avec ma santé, je n'avais plus visage humain. Elle est venue, elle... près de moi... elle m'a dit... Je vais faire ce que ferait Louis... à ta place ? Je devais te mépriser d'agir ainsi ? Non ! ... C'est parce que ta femme... c'est parce que, près d'elle, tu n'étais pas, c'est donc... que le monde et toi... toi ! — vous nous condamnez [illegible]

... vais mourir, pour ne pas gêner ton bonheur ; je vais m'en aller vers ... seul endroit où l'on peut exiger du monde le respect. Que puis-je ... désormais sur cette terre, sans famille, sans amis, sans espérance... ayant tout perdu.

Une voix claire s'éleva derrière eux :

— Sauf moi !

C'était Gilberte.

Elle s'avançait vers l'aveugle qu'elle regardait bravement comme les êtres qui ont peur la nuit et qui se forcent à contempler l'objet de leur effroi.

— Paul, dit-elle avec ferveur, je vous demande pardon humblement. Cette noble femme m'a montré mon devoir. Vous n'étiez qu'ami, qu'amis, cependant vous m'avez prouvé qu'il n'est rien d'impossible quand on est bon ; je vous aime, Paul, je veux vous rendre heureux.

— Trop tard, dit-il sourdement.

Une toux le prit, une mousse rougeâtre jaillit de sa bouche. Il se laissa dans les bras de Louis qui pleurait.

On le transporta au château...

Le soir, Reine et Louis, penchés sur son lit, l'écoutaient doucement divaguer. Gilberte, sur une chaise, sanglotait.

— J'aurai pu être heureux, disait-il, me marier, avoir des enfants. La tuberculose n'est incurable que lorsqu'elle est héréditaire ; moi, je n'avais qu'un poumon de perdu, j'aurai vécu comme un autre, mieux qu'un autre, j'aurais tant aimé ! et j'aurais tant fait de bien ; j'avais un cœur, une intelligence, un art, on a droit à sa place au soleil. Mais les apparences... Nous n'étions qu'amis, rien qu'amis...

Il se dressa, eut un petit sourire et son âme s'exhala avec cet ... dans un murmure :

— Ma... Reine !

Personne ne l'entendit.

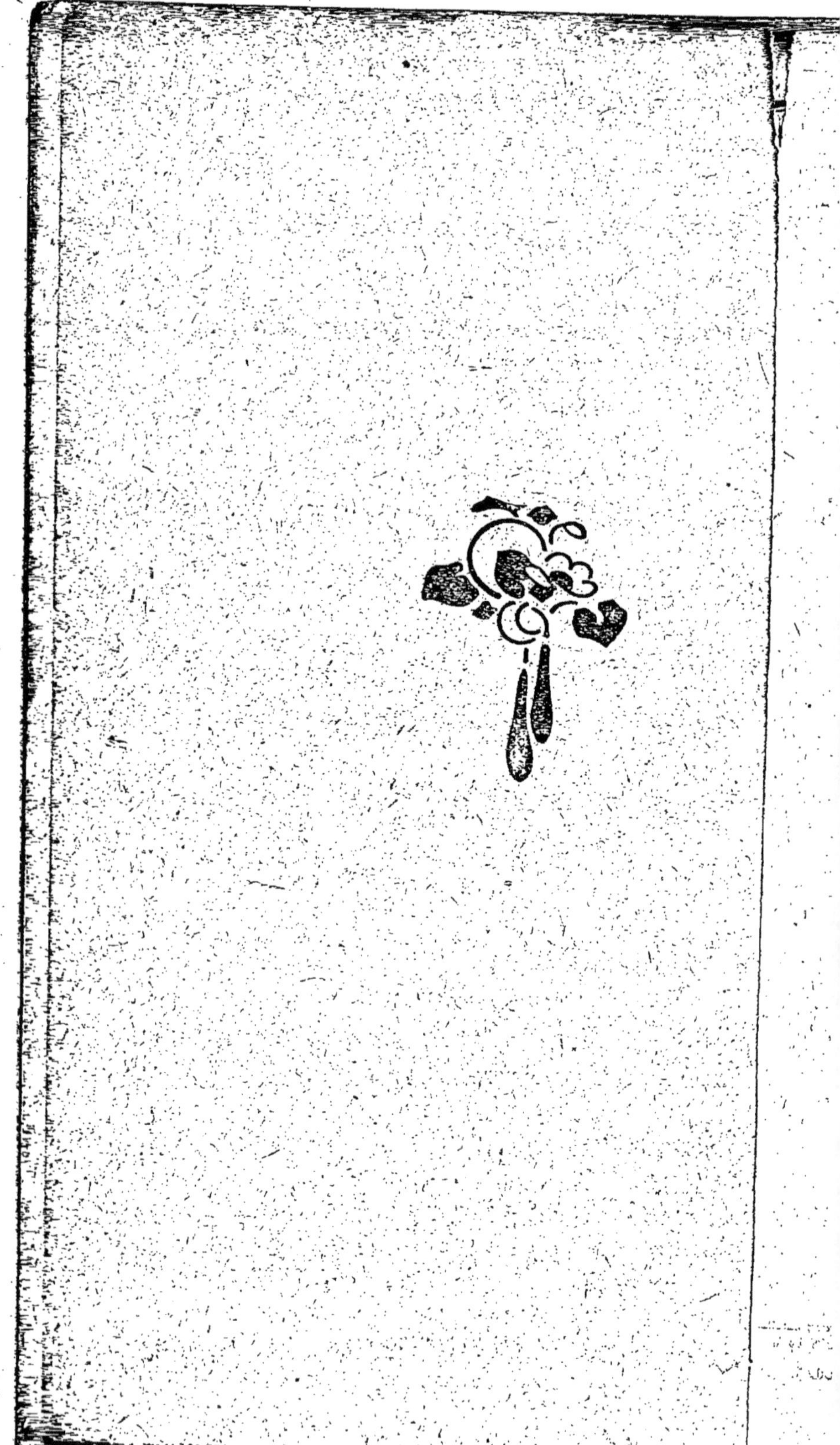

9 782019 931872